近代世界短篇小說集 II

在沙漠上及其他

上海朝花社編譯

文倫・夫萊

小引

一時代的記念碑底的文章，文壇上不常有；卽有之，也什九是大部著作。以一篇短的小說而成爲時代精神所居的大宮闕者，極其少見的。

但至今，在巍峨燦爛的巨大的記念碑底的文學之旁，短篇小說也依然有着存在的充足的權利。不但巨細高低，相依爲命，也譬如身入大伽藍中，但見全體非常宏麗，眩人眼睛，令觀者心神飛越，而細看一雕闌一畫礎，雖然細小，所得却更爲分明，再以此推及全體，感受遂愈加切實，因此那些終於爲人所注重了。

在現在的環境中，人們忙於生活，無暇來看長篇，自然也是短篇小說的繁生的很大原因之一。只頃刻間，而仍可藉一斑略知全豹，以一目盡傳精神，用數頃刻，遂知種種作風，種種作者，種種所寫的人和物和事狀，所得也頗不少的。而便捷，易成，取巧……這些原因還在外。

中國於世界所有的大部傑作很少譯本，翻譯短篇小說的却特別的多者，原因大約也爲此。我們——譯者的彙印這書，則原因就爲此。貪圖用力少，紹介多，有些不肯用盡獃氣力的壞處，這自問恐怕也在所不免的，但也有一點只要能培一朵花，就不妨做做會朽的腐草的近於不壞的意思。還有，是要將零星小品，聚在一本裏，較不容易於散亡。

我們——譯者，都是一面學習，一面試做的人，雖於這一點小事，力量也還很不夠，選的不當和譯的錯誤，想來是一定不免的。我們願受讀者和批評者的指正。

朝花社同人識。

一九二九年四月二十六日

目錄

小引
島上　捷克　凱沛克兄弟　眞吾譯　一
父與子　法蘭西　蒲爾什　眞吾譯　一七
鄰舍　南斯拉夫　麥土斯　柔石譯　五五
孩子們與老人　南斯拉夫　伊凡·開卡　柔石譯　七五
井邊　南斯拉夫　拉柴力維基　柔石譯　八三
在沙漠上　蘇聯　倫支　魯迅譯　一一七
農夫　蘇聯　雅各武萊夫　魯迅譯　一三一
空戀　蘇聯　普理希文　眞吾譯　一五七

放浪者伊利沙闢台　西班牙　巴羅哈　魯迅譯　一六七
跋司珂族的人們　西班牙　巴羅哈　魯迅譯　一八七
狂風暴雨中　猶太　賓斯基　眞吾譯　二〇三
感謝讚美　猶太　萊辛　柔石譯　二一五

捷克
凱沛克兄弟
島上

島上

眞吾譯

古時在列斯篷地方有位路易先生，他後來周遊世界；至他知道世界的大部時他在可想像的極遠的島上死了。他住在列斯篷時，他是個有健全的理性的和重要的人物。他如一般的人生活，他自己弄得頗好也不妨礙他人。他有許多房子滿足了他天賦的驕傲性。但漸漸地這種生活使他厭倦而成爲一種負累，所以他把他的所有都變賣了，駕了一葉片舟走了。

他們先到卡田，後到帕爾摩，君士但丁和邊路，到帕萊斯丁和埃及，又繞阿拉伯到錫蘭；他們甚至駛到馬來半島和爪哇，待重至大海時他們向東南行。有時他們遇到本國人，到故鄉去的。他們聽到了故鄉的消息歡樂得流下淚來。在這些地方，路易先生眼見那許多希奇古怪幾乎不可相信的東西，他幻想他把此外的一切都忘了。當他們在汪洋大海航行時，一隻海鷗趕及他們，他們的船如塊軟木塞在波浪裏簸蕩，沒有方向沒有指導。三天之內海鷗增多，有加無減地憤怒，第三天晚上船在一個珊瑚礁上沉沒了。在最恐怖的聲音之中路易先生覺得他自己高高升上又低低沉落；但波浪冲他到一隻木筏上，無知無覺地。當他神志清醒時，他知道是在午刻，他是孤零零地臥在寂靜的海中一隻破碎的木筏上。在那一霎時他經驗到生平第一次的生活的歡樂。他的木筏只是浮蕩直到黃昏，在全個夜裏，第二天又是全個一天；但四面八方他不能看見陸地。而且他的木筏被水冲散了，一片一片地漂去了。路易先生想用他扯破的布條縛牢它們枉費氣力。到最後祇賸得三根不堅固的帆杠了，他爲他的困憊和孤單的思想要昏去了。於是路易先生來和他的生命告別聽受上帝的意志了。

第三天黎明他知道波浪把他帶到一個可驚的島上；這呈現在他面前的是兀立海中的美麗的蓊鬱的樹木。後來他能夠舉步到舖着鹽和泡沫的岸上。在這時候幾個野人由綠蔭中出來，但路易先生對他們狠狠地狂吠，因爲他怕他們。於是他跪下祈禱，倒在相近岸邊的地上而睡去了。

夕陽西下時飢餓叫醒了他。他四圍的沙上都是扁平的赤脚印子，路易先生很高興看野人們蹲伏在他旁邊，出神地注視他，談論他，並未加害於他。他去找些充飢的東西，但黑暗已下降了。繞着一塊巖而行，他走向一大羣野人的地方。他們坐成一圓圈，吃他們的晚餐；他看見男人，女人，和小孩在一團，但他遠遠站着，不敢走近，如從別一個教區來的乞丐。後來在這些人之中一個年青的野女人起來，給他一盤水菓盛在一隻用草編的盤子上。路易忙趨向食物，饕餮地吃香蕉，新鮮的和乾燥的無花果和別的水菓，日光晒乾的肉與和我們所吃的滋味不同的可口的麵包。女郎又給他一瓶泉水。當他吃時，蹲伏着，服侍他。他吃罷，他的全身覺得舒服；他大聲地道謝女郎因爲她的禮物，因爲她的麵包和她的慈善，他向其餘道謝他們的慈善。當他說話時，他發生感激如他負載過重的心的柔情的約束，突然以言語表示出來，他從來未曾有過的。女郎坐在他的對面大笑。

路易先生呢以爲他必須重說一遍，使得她可以懂得，他向她道謝如此熱烈好像他是在祈禱。當時其餘的人都到林中去了，路易怕他自己留在這樣一個冷落的地方，而他心中又這樣歡樂。挽留女郎，他開始告訴她他是何人，來自何處，怎樣船沉沒，和他在大海中所受的苦楚。忽而路易看到她睡着了，她的雙頰緊貼着地面，他起來坐在稍遠一些地方，仰視星空，諦聽海潮的澎湃，直至他自己也昏昏入睡爲止。

早晨他醒來時，他找尋女人，但她已走了；祇有她身體的印跡完全留在沙上，挺直和纖長如一條綠枝，當路易一脚踏入這個陷下的地方時，陽光照得暖烘烘的。於是他循着海岸環行全島，看看它像什麽。有時他的路引他穿過樹林或穿過灌木叢；而有時他繞行沼池，或爬過巖石。好幾次他碰到野人，但他不再怕他們了。海是非常地靑碧比無論那兒靑碧，開着花的草木有特別的嬌美。他終日遊走，觀賞他所看見的最美麗的島的美麗。他也想野人的美麗比無論何種人美麗。翌日他繼續他的探尋，直至他走完島之四周。島上有噴泉花草，平和得如我們所想像的伊甸樂園一般。晚上他囘到他上陸的地方；那兒他看見女人獨自坐着，編她的髮兒。在她的脚下橫着載過他的木筏，受無路可通的海浪的輕賤，所以他不能再走了

路易先生傍她坐下，眼對着一個一個奪取他思想的海波。常層層疊疊的波浪來來去去的時候，他的心氾濫着無邊的哀傷，他吐出他的哀歌：他怎樣曾經流浪二晝夜知道島嶼所有的大小，但無處找到一個城市或港口，也沒有看見一個和他相同的人；他的同伴在海中死了，他獨自流落在島上不知從何處歸去，獨自在言語不通的野人中間。所以他悲傷他的運命，躺在沙上的女人聽他說直至她入睡，被他的哀歌的調所催眠。於是路易先生停止說話也緩緩地呼吸一口氣。

早晨他們同坐在一塊巖石上，高出海面，遠矚地平線。路易先生把他的全個

生命想了一遍；他記得列斯篷的壯麗和寶貴，他的戀愛事件，他的遊歷，和一切他在世上所見過的東西，他閉攏他的眼，內在地找尋那些美麗的圖畫。但當他張開眼時，他看見他對面坐着女人在她的脚跟上，斜視着又暗淡地在她的面前；他注意到她的悅目的小小的胸脯和纖長的手足，色褐如赭石又很挺直。

他要時常坐在這塊巖石上盼望來船。他看見太陽從海中上升下落，他對這個及其種種都習慣了。他開始一賞這個島的甘美，這由他看來好像是個愛之島。有時野人要找他；他們很敬重他。在他們環他而蹲伏時他們看去像肥滿的鵝；他們是刺了花的，有幾個是很老了；他們給他東西吃又服侍他。當天雨時，路易先生到女人的小屋裏去住。這樣他住在野人之間也像他們一般地赤裸裸的了；但他輕視他們不要學他們一句說話。他不知道他們叫住着的島是什麼，也不知道他所容身的屋叫做什麼，也不知道上帝面前他的唯一的女伴叫做什麼。

無論何時他晚上回到小屋，他見得他的晚餐預備好了，他的床預備好了，又有褐色的女人的溫柔的擁抱。雖然他當她不像一個人，而較近於動物，但他却要用他自己的言語對她說話，而且心滿意足當她聽他說時。所以他告訴所有的不絕地經過他的心的思想：關於在列斯逢的他的房屋和他的游歷的瑣瑣細事。起初這使他懊惱就是女人不懂他的話在他告訴她的意思時，但漸漸地他對於這個也習慣了，告訴他同樣的事情一遍又一遍，時常同樣的話語和同樣語態；那樣之後他把她抱在他的臂中如她的妻子了。

但在時間的過程中他的敍述短起來了也不大聯絡了；許多事情由他的記憶中逃去好像它們從沒有發生過；終日他會躺在他的床上不說一句話，想一想他自己。他對於他的周圍都習慣了，他會坐在巖石上過幾個鐘頭，而永不想到盼望來船。

幾年過去了，路易忘了他的歸家和他的本國話；他的心如他的說話一般的愚鈍了。每當日暮他回到他的小屋去，但他不復知道這女人如他第一天所知道的了。

在夏日有一天，當他正在深林中遨遊時，他忽然爲一種大大的不安所佔有了，因之他跑到開朗的地方，在那兒他察看一隻美麗的船在停泊。他心兒顫跳地跑到海邊攀上巖頂，從那兒他能看見一羣水手和職員。他躲在漂石之後像一個野人聽他們說話。他們的話語有些打動了他的記憶，他自覺異客是在講他自己的語言。於是他站起，想對他們說話，但他只能哭喊。異客們都吃了一驚，他隨即又哭喊了。他們把他們的短鎗對着他，於是他的舌兒解放了他對他們喊道：『大慈大悲的 Senhores!』（水手們，因他把本國語忘了——譯者）他們歡樂地狂呼向他奔來，但，如一個野人，路易覺得他必須跑去。而他們已環繞着他，一個又一個地擁抱他，他們的問句壓倒他了。他在他們中間赤裸裸地滿是恐怖，只渴想逃走。

『不要怕』，一個老職員對他說，『記牢你是一個人。拿肉和酒來，他看去瘦弱的而且可憐的。來和我們坐在一起使你自己如在故鄉一般，那你又會習慣人們的說話了，而不要說這種猴子們說的言語。』他們給路易先生以美酒，淹肉和麵包。他坐在他們當中大吃如在夢中，他覺得他的記憶回復到他心內來了。

其餘的人們也吃也喝，也閒談，高興尋到了一個同國人。當路易吃罷，他充滿了一種感激的美意如那天那女人給他食物吃時一樣，他很高興聽到自己的美麗的語言，和可以與人們做伴侶，那般人對他說話好像對一個兄弟。所以話語迅速地回到他的舌上，他盡他所能地感謝他們。

『再多休息一些時，』老職員說，『那末你當告訴我們你是誰和你怎麼來到這兒。言語的珍貴的禮物將來報答你，因爲人之最大的所有物是他能說話，和傳達給別人他遭遇過什麼及他的感覺是什麼。』

職員這樣說罷，一個年青的水手唱起一隻可愛的歌來了。他唱一個人航行大海，當他的情人懇求海，風，和天送他回到她地方。她的想念和悲哀在溫柔的字句中可想像地表現了。水手唱罷，其他的人們也歌唱或背誦這一類的詩句，悲哀地互相競爭：他們唱到想念可愛的人兒，被迫到遠方的異國去的船兒，和長是變化的海。到後來他們都講起他們所離去的家來。路易先生哭泣了，快樂到了痛苦的邊上在他所忍受的思想上，而現在他又能夠懂得，已經忘了的他的說話，詩的可愛的音樂；他哭泣因爲這全像一個夢，他恐懼覺醒。

最後老職員起來說：『孩子們，我們要看一看這個我們所發見的島，我們大家當在夕陽西下之前回來起行。我們今夜上我們的歸途於上帝底保佑之下。但你呢，』他轉向路易說，『若你在這個地方要想帶一點東西回去當作紀念，拿它到這兒來在夕陽西下時等我們回來罷。』

水手們沿着海岸分散了，路易先生轉向女人的小屋。愈近他愈躊躇了；他自己思量怎樣他能最好地告訴她他必須離她而去。他在路旁一塊石上坐下，覺得他不謝謝她不能就此離她而去，他和她同住已有十年了。他記起她怎樣的待他，她怎樣的給他吃，以她的身體和他的工作來服侍他。他走進她的小屋，傍着她坐下，急促地說了許多話，好像必須使她相信。他告訴她他們來捉他去，和要他必須走的那種迫切的事件；他想了許多託辭。於是他把她抱在他的臂中，謝謝她爲他而做的一切，又設下神聖的誓言不久就囘來。他說了許久時候，他知道是在沒有理智和了解地聽着，他憤怒起來了又用力地把他理由重述一遍，不耐煩地蹂他的脚。突然他想到水手們怕會沒有他就起椗了，他在他的說語之中跑出去急往海邊。

但還是一個人沒有到，他坐下等候。他開始被一種思想所縈繞了，那思想是女人未正確地了解他所告訴她的他的迫近的分離；這個是如此不能忍耐他立刻站起跑囘去，再向她說明一遍。但當他走到小屋時，不進去，他由一個裂縫間窺視她在做什麽。他看見她採了新鮮的草兒做他這天晚上用的床，她正在預備他的菓品，他又第一次注意到她自己吃些不好的幾塊，那些揑碎了的或腐爛了的，揀最好的，揀大的無疤的菓子給他；於是她坐下一動不動如一尊偶像，等待他。於是路易先生覺得他應當先吃了她所預備好的菓子而躺在床上，打斷她的期待在他別離之前。

那時太陽在西沉了，水手們聚集在岸上，在他們離別之前。祇有路易先生失落了，他們喊他：『Senhor! Senhor!』不見他來，他們跑到林邊在那兒找他喊他。他們中有二個人很近地經過，不絕地呼喊，但他躲在叢林中，他的心別別地跳動深恐他們找到他到。後來他們的呼聲中止了，夜幕下降了。他聽到他們的拍拍槳聲當他們回到船上了時，高聲地可憐這失落的人。於是一切寂靜，路易先生由叢林中爬出來又回到小屋。他見女人一動不動地耐心地坐着。路易先生吃了菓子，躺在芬芳的床上把等待他的她抱在懷中。

天亮了；路易先生未曾入睡；他由面着海的小屋底門望出去。這海他可在樹林中的一個開口看見。他看見離去的船在很遠很遠的地方。他凝視熟睡在他身邊的野女人，她不復如先前那樣的美麗了，是可惡的和可怕的了。淚珠滾滾地落在

路易先生還是留居島上但自那天後，一年一年

他雖然依舊活着，却永不再說一句話了。

捷克　約瑟•凱沛克作

她胸上當路易先生竊竊地重說使她聽不到的時候。一切那些絢爛的語句和出奇的詩歌，是描寫渴望和永遠不能充實的慾望的苦痛的呵。

於是船在地平線下不見了。路易先生還是留居島上。但自那天後，一年一年他雖然依舊活着，却永不再說一句話了。

法蘭西

蒲爾什

父與子

保羅•蒲爾什 (Paul Bourget) 於一八五二年九月二日生於 Am ens。他的父家是拉丁種，母家是德國種，這使他有世界主義的觀念。他的父親，是個數學教授，希望他也做個教授，但他不入高等師範學校而入高等學校研究希臘哲學，後他又研究醫學。

他早時想做個詩人，如柯貝，Richepin, Boncher, Grandmongin, Cazalis 和帕萊賽斯。大概是因爲 "Edel" (1878) 的失敗，決定他放棄詩歌而走小說的一條路的。

他的技巧，老早就湊完美之境，而且老早他小說的道德的趨向就十分顯明。他早期的小說，"L' Irreparable", "Cruelle Enigne", "Un Crime d'Amour", "André Cornelis" 和 "Mensonges" 很快就得到普遍的成功。

『蒲爾什，』Jules Lemaitre 寫道，『在小說的國土裏有如 Ferédéric Amiel 在思想家和哲學家的國土裏——他的時代的一個聰慧的，有創作力的，天資絕高的學子。以出奇的巧妙的文筆，很精確，幾乎是女性的直覺，和希有的優美散佈於他所有的作品裏…… 他不感覺，如羅蒂，也不看，如莫伯桑——他反省。』

"Le Disciple" 討論哲家的犯罪的道德的責任，充分表示出他的主義；"L' Etape", 描寫悽涼的圖畫太過分，其結果在一個家庭思圖振與得太迅速，超過牠普通的限界；"Un Divorce" 堅持他加特力教的婚姻觀；"L'Emigre" 讚美遺傳的原理；"Le Démon de Midi" 大大地反對孤獨的已晚的過失損害一個無可責備的生活；"Le Sens de la Mort" 抗議棄絕的美；"Nas Actes Nous Suivent" 以神祕的相符的連續的事件指示個人的責任的教訓——這種例子舉不勝舉——都是道德的寓言，以很美的敘事的藝術來裝飾，但極嚴正地修正社會的平衡在它缺點的地方。

本篇由 Richard Eaton 輯的『法國短篇小說傑作集』(1923—24) 中譯出。

父與子

眞吾譯

一

「凡爾塞，平塔白龍街二十九號，善爾•普萊伐朗夫人。父於今晨八時病故。特此電告大人及米西蒂。兒奧格斯丁•普萊伐朗上。」

寫」電報，青年一動不動地，伏在桌上，好多時。時而他看看剛才寫好的東西，時而看看牀上直僵僵地躺着的死人，他的眼閉着，他的手交叉在一枚十字架上。

他應不應把電報發出去呢？他苦痛的躊躇說明了消磨他整個青春的一個長久的家庭慘劇的概況了。他祇十九歲；過去十二年間他的父親和母親分居着，兒子隨父親，女兒，米西勒，隨母親。他呼她爲米西蒂，這是他們年幼時他所想出來的名字，遠在親屬關係割斷之前。

分居的確實原因，奧格斯丁不大知道。但他知道，由他父親的眞實的懺悔，首錯是在後者身上。是什麼罪過呢？是殘酷？那是很明白的，若他的父親說出實話來。但後者的自信使之突然中止了，也沒有一點確切的事情足以使兒子懷疑套去他一位大人的事情的底細。雖然很無經驗，也儘足以使他留心他父親的日常生活爲的想證明舉止傲慢，睫毛濃密兩眼驕矜，和故意粗率的神氣的他，在朝夕相處的結婚生活中，是不成爲一個和睦的伴侶的。

一個運動家，激烈的練習，騎馬，擊劍，拍網球和打獵成爲他的生活。而且，他有時是易怒的，有時至於暴怒的地步。這是因爲恐懼他自己的激烈禁止他喝一口酒麼？他祇有喝些茶。他醉了怎麼樣呢，這個有一天盛怒了把使他失望的僕人拋到步梯下去的人？奧格斯丁現在回想起來對照起來有了感觸。這個過分的人，這個「躁切的人」，曾做他的兒子諄諄善誘的教師，常是高興於孩子的智力上的和道德上的進步。他爲他在家中請了一位嚴厲的教師，每日固執地要有孩子進步的報告。在日間奧格斯丁是紐勒地方的一個教會學校的通學生。爲的要給他清鮮的空氣，他的父親來住在鮑爾福・梅洛，鮑羅林邊。假期時他帶他去游歷，春天裏或到蘇格蘭去，或到英格丁去登山，想找個把他自己的嗜好同他兒子的體質相聯合的方法。

受了這樣不變的關念，於是青年也尊敬和他自己的脾氣如此不同的父親。自然，他倆都有家屬間相同的地方：如馬一樣，眉目分明的他們的面貌，一色一樣的眼和髮，頭舉起來的某種樣子。但一個，雖在五十歲以上，還是有力的，強健的，一個，不管擊劍和健身房的運動，和騎馬，依舊是個柔弱的，神經質的青年。他想他是當他母親在恐懼她的丈夫之下時生的。那是千眞萬確的理由——他對於這個如他對於他的雙親的過去一樣不大知道——爲什麼他的母親只是遠遠地避開他，當他由這個半離婚的同意所擺佈的去看她的時候。由普萊伐朗夫人看來他太逼眞地代表了她的丈夫，他的記憶常勾起她內心的一種身體上的恐怖——最肉體的也是最不變的印象在一個女性的身上有過一次的。她是優雅的永不對青年說及惹起她分居的事由。但她自然不喜歡他，由她的冷淡的歡迎和他姊姊——她只比他長一歲——的言動上的自檢，他很可知道的。

但少女是眞心愛他的，溫柔得同往昔他們一同呼吸，一同遊戲，一同在屋裏睡覺時一樣。但當她的母親在面前時，不敢表露出來。常常是這個樣子的：普萊伐朗夫人顯然阻止他們兩人的親密。儘奇怪，好像一種心的反常同時發生在夫妻之間，米西勒．普萊伐朗從不到紐勒來拜訪她的父親，倘不是她父親以他的蒞臨來蒙混女孩兒。做弟弟的在他父親之前隱藏了他熱烈的手足之情。他無須秘密他對於他女兒的反感，因爲她和她的母親同住。如他這樣想像敏銳的人，年青的奧格斯丁由這個情況感到不少的痛苦。一年比一年的惡劣，不但未醫愈雙親心中的劍傷，似乎時光在蘇醒它而下毒更深些。他注意到這個。他到凡爾塞去拜訪一次一次的更爲困難。現在他們之間已有很久長的隔絕了。他的姊姊，爲了同樣的緣故，也不來拜訪了。他們也絕少書信來往，大家不願抱怨一位大人偏愛一個子女。大家互相避免，心心相許使他們得脫離於太悲哀的情緒……

於是噩耗發生了。善爾·普萊伐朗，由卡鐵勒跑馬乘車回來，被突然的一陣暴雨全身濕透。結果是枝氣管炎，進而爲肺炎。在他父親患病二禮拜之間，奧格斯丁想通知他的母親。但他沒有貫澈他的主張。同他父親末次的談話洩露給他這垂死的人的深恨。但現在這個熱情的人不復是一個無生氣和永遠無感覺的人了，他對他姊姊的手足之情不能再是冒犯的了。他這樣地需要米西蒂，尤其在舉行葬禮的時候！他知道米西勒對她父親的親密的和眞正的感情麼？無論如何這不是她的權利，給她一個機會向死人致她的最敬禮麼？奧格斯丁依了那個衝動在他草電報的時候。但通告他的姊姊就是通告他的母親。他又向床上看了一眼。他似乎聽到現在已經寂靜了的語音在叫他。他能看出嘴唇的苦痛，在灰白的鬚下。

「奧格斯丁……？」

「是，父親！」

「你沒有告訴在凡爾塞的夫人吧？……」

「沒有，父親。」

「我不要她繞在我舉行葬禮的地方，你知道了麼？」

「我不要她！」青年又重說一遍在他看他的電報的時候。「但他一點未說及米西蒂呵！他會有者……呀，不！一個人應當大量的……一個人應當近人情的！」

他走去按鈴，但他搖搖他的頭，不曾按下去。向桌上拿了電報字條，他走出房門。他要叫他們把電報立刻送到局裏去。他不想在死人之前把這交給僕人。

二

黑夜下降了。寫罷別的不可省似的電報和書信，奧格斯丁在飯廳裏很快地吃了一些飯。那飯廳面對主人永不再居住的空房。於是他回到死人房間裏。

「去睡覺去，」他吩咐僕役和看護人。「我們當輪流值夜。我開頭罷！」

他要獨自伴着死人不是沒有動機的。那使他再三躊躇發電報給他母親的話語還不是臨終的人僅有的話語。別的事件回復到他的地方來，一句一句地，當他坐在床側的時候。它們在他的心靈中起反響，帶着一種嚴肅的語調幾乎要啞聲了。他怎能違抗他最後的祈禱呢？但他又怎能服從這個不當存在於易死的肉體的要永久延長一種惡恨的意志呢？

這臨終的人在牧師來到之前要求這個無上的贈品。接受了最終的聖禮之後，他不是以手勢示意叫他的兒子收回成命麽？那時他的語音使他失望了，他不能收回如此正確沒點兒支吾和猶豫的訓辭：

「我的孩子，」他說過，就在這隻牀上，十五小時之前，「把這管鑰匙拿去罷！」以發熱的手他由臥牀前的小桌的抽屜裏拿出一圈鑰匙，拉出扁的一管。

「這是我的保險箱的。箱子是在那邊，藏在牆壁裏面，在我更衣室的食廚裏面。這有四根彈簧，有字寫在上面。這組合字是 Augu ，你名字的頭一半。在最低的一隻抽屜裏將找出二包東西。大的篷布做的一隻內有鈔票五十萬法郎。我把這些給你。其他一隻包裹——小小的一隻——裏面有我的遺囑。照這個遺囑，我把我所有法律上所允許的財產都給你。我想這是我全部的財產。不幸，我不能那樣做。至少，讀了這張遺囑之後，你會知道爲什麼我不願你的姊姊和你同等分受。她幫她的母親一邊反對她的父親……」

「但我要使你相信，」奧格斯丁曾經鄭重地說。

「讓我說，」瀕危的人固執着，他做手勢表示他已到了力盡氣急的時候了。

「我並非反對她。這是很自然的，她旣和她的母親同住，他自然喜歡她比喜歡我要強。但這是同樣的自然我就我而言不當認她爲我的女兒。你是我眞正的孩子，我眞正的兒子：我曾磨煉過你的道德和學問。無論如何，我總這樣做了。那你的一部分將不越出祇屬於我的一部分，這一筆錢是我可憐的朋友潘龍・達梅尼遺給我的。他也很喜歡你的，若你還記得的話。我把這筆錢給你我向家中沒有拿過些什麽。加以五十萬和其餘的錢你將有二百萬了。那就夠維持這個家庭這樣地過去了，在好的情狀之下去服務於外交界，若你還是歡喜走這條路，而後好好地結婚。我願望你選擇妻子有比我好的運氣。』

他有幾點關於他葬禮的吩咐，幾處賬目和幾件紀念品。

『你願聽我的話麽，奧格斯丁？』他最後說道。

『我願聽從你，父親，』靑年回答。

『無論那方面？你聽我……無論那方面……卽關於葬禮方面……』

『無論那方面，』奧格斯丁訥訥地說。

『謝謝你，』父親把鑰匙交給他時說。現在幾乎不能淸晰的說了，『在他們發封之前，立刻去拿了鈔票來……因爲她要件件東西都固封起來的。」

「我會去拿的，父親！」

他踐言去拿了來。恰如他先前顫抖抖地發電報去的樣子，現在奧格斯丁爲打開保險箱的念頭而顫抖了。

「讀了這篇遺囑之後，你會知道……」他將知道些什麼呢？他的父親立刻結束那句話的神氣好像暗指他別個孩子。

但爲什麼他三翻四覆地說：『你是我眞正的兒子呢！』奧格斯丁是在從這篇遺囑裏發現一種有損於他母親的名譽的事情麼？「……在你的選擇中有較好的運氣……」這問題純然是個性情的不相合麼？如奧格斯丁時常所思想的？年青無知的他未曾知道男女生活之間常有憂鬱的秘密，這種祕密他們子女終於發現出來。這不是一種悲哀在垂死的人的身上且是一種無限悲哀的表記麼？

他父親的面貌在他極端和緩的狀態之下是怎樣的悲慘呵！他嘴唇的扭曲是怎

樣的痛苦呵！還留在他額上的是種什麼不可言說的恣恨呵，那深深的皺痕！他對他妻子的苦情是怎樣的深呵，一定在他的心裏生膿，因爲他使母親和女兒感到這樣的苦痛呵！但當他和她結婚時他却是愛她的，而且不管她沒有點兒嫁奩哩！奧格斯丁祇要對照他父親的家和在凡爾塞的家就會認定普萊伐朗夫人，就她自己的情況，復加以她丈夫當然答應給她的而言，還祇是一個温飽之家而沒有再多些。

這個謎的解答是什麼呢？他知道他的父親是個眞正的好人。他看見過他所做的自然的慷慨的行爲，對於困苦的親戚，窮人，僕役，甚至老馬。他的知友，潘龍・達梅尼，所給他的錢和當他提及他時的情感也可以證明他是能夠引起深深的友愛的。潘龍・達梅尼，奧格斯丁確實很知道他。他是高尙的優雅的；人們自然樂與爲伍。

在這隻保險箱裏普萊伐朗夫人的兒子和米西蒂的弟弟將找出什麼罪狀來呢？

什麽罪狀可以永遠毒害親誼如此深巨呢？呵，但是兩個女人終究是他一家的人。

『我是個怎樣的懦夫呵！』他終於對他自己說。於是站起來，他轉向死人，『你看我在服從你，』他高聲添上一句。而他早在更衣室裏了，在臥室的隔壁。他一捻亮了電燈，這是什麽的一個對比呵，幾分鐘前在他的葬禮的祈禱時所發亮的暗淡的燭光與此刻房中所流溢的明燈。城裏人所用的梳裝品，是放在洗面架和浴盆的近旁。這些奢侈的和安逸的生活的標記，絕少能與這樣深的熱情相吻合，如垂死的人的報復的決定所表示的。這輕浮的背景對所敍述過的相反的情感，給與一個更大的汚點了。

『可憐的父親呵！』奧格斯丁忍不住喃喃地說了。他被一個新的對照所感動了不顧他的不安，這次對照完完全全是依道德的次序的。他名字的首四個字母作爲保險箱的開門關鍵！幾乎有種孩子氣的和很溫柔的情愛關於這個底細。當他撥弄賫成爲 Augu 時，他的手顫動，當他把鑰匙放進去時他的手指也顫抖抖的。鎖轉動了。他打開箱門。

奧格斯丁找到大包裹，給鈔票塞得澎漲了的。他把它擲在一邊，取其他的一只，薄的一只，在這上面善爾・普萊伐朗親筆大大地題上他的名字，這樣的特別堅決地劃着而且交叉地寫着。

「給我的兒子奧格斯丁，在我死後！」

青年拆開包裹，抽出一封在裏面的文書。他看到文書四邊都寫着同樣筆跡的字。在這裏面他看見他的父親有生氣的活着，他讀它。

三

我的最後的遺囑。　　這是我親筆寫的遺囑，一九一〇年十一月二十三日，盡我所有的力氣寫的，或者是在我死之前夕。我覺得病危了。我先前的遺囑，幾年前所寫的，倘欠明白。我的兒子那時還是個孩子。我還以爲有理由希望普萊伐朗夫人終究會懂得對於他，對於我自己，也一樣地對於我們的女兒的責任。她未曾如此做過。這張文書將告訴一個人不曾做過什麽和奧格斯丁定需知道是什麽約一囘事。

我指定他，我的兒子，奧格斯丁·普萊伐朗爲承受財產者。

他的姊姊，米西勒·普萊伐朗，將分受她的部分絕對不能比一種法典褻瀆最神聖的自由再多一些，以一家之父親的資格，強迫我遺贈給她的。我可責備普萊伐朗夫人太多了，不忍受我的苛刻發洩到她女兒的身上，雖然那女兒也曾是我的。她的母親，我透底知道的，教訓她懷恨於我。由她的孩子來責罰她，因她想她的孩子祇愛她一個那是正當的。

因爲這個理由，我前面寫道她「曾是」我的女兒。我不再作如是想了。她的母親使她的心和我疏遠。米西勒還不曾有，在她孩提時我給她的愛的記憶，相當的力量來阻止她母親的佔優勢。所以給她是太壞了。我願這篇在我死後祇有我的兒子讀到的遺囑，是一種證據。我現在要嚴正地眞誠地來述及使我決定和普萊伐朗夫人分居的事情了。那在我們的婚後生活九年之間我是專制，難於共同相處，不正當的妒嫉，我並不否認。我也不否認一天犯了一種舉動使我愧羞，大大地愧羞，現在我是在懺悔了。那種愧羞證明我的悔恨是應得寬恕的。我那時正熱中賭博，這苦惱了我的妻子。好管閒事的朋友們只是過分地報告她我打紙牌的失敗，這個她們是從她們的丈夫，我的賭友處得去的。若我輸掉十萬法郎在桌上，其實還不上一辨士。不幸在這些賭博之後在俱樂部裏住得遲了我時常和朋友們在那裏吃夜飯而且多飲了一些酒。有一晚我輸了很多。我興奮得把我有用之錢亂化了。是這種興奮使我酩酊大醉的麼？我並不以爲我比平常多飲了一點香賓和白蘭地。但這是冬天。在我離開俱樂部時我感到刺骨的冷。想取些暖我在菜館裏又喝了一些白蘭地。要之，當我打開房門時我是醉了。不幸，普萊伐朗夫人還未就寢。她那晚赴一家宴會在那裏我一個俱樂部裏的朋友不注意地告訴她，沒有惡意的，說他運氣不好都輸給我了。我後來打那個人的耳光且和他決鬪給他一種傷痛。普萊伐朗夫人——這我並不責備她——爲她的孩子們的前途而苦惱了。她等候着爲的要問我贏了多少，但實在我是輸的，我實在告訴她我所輸的數目。我回答她祇有憤怒的話，她所應受的責備的話。她和我作對了。我狠狠地打她，她倒在地上。

在這時候我失了理智，我離開她不再煩惱她一點了。我上牀去。第二天早晨昏沉沉地——用這個名詞我是攷慮過的——醒來，頭兒沉重記憶模糊。我想起前夕的可怕的情景，好似做了一個惡夢。

我不多時知道這是可怕的事實。普萊伐朗夫人帶了她的女兒走了，沒有留下住所的地名——連一張字條也沒有！她帶了她的女僕同一隻衣箱好像是作短時期旅行的模樣。

『她將回來的，』當我知道這個底細時我對我自己說。『我要求她原諒而她也將寬恕我，當她看見這張字條的時候！』

我傍着我的案頭坐下寫成下面這幾個字，適當地註明日子。『我以我的名譽發誓從此不打一次牌或喝一口酒了。』我這樣深悔我的粗暴，我記得站在鏡子面前當簽了這個誓約痛責我自己之後的時候。我只提及這件稚氣的事實，爲的想證明我是如何的迫切允許無論那種條件我孩子們的母親要罰我的。我盼望這些條件以十二分的決心來依從。奧格斯丁的聲音問我：『父親，母親到那裏去了？』增加我良心上的罪過。他還說：『她有什麼事情呢？她在哭泣麼？』

『是，』我重述一遍，恰和孩子一樣，『她到那裏去了呢？』

自然我當大大地受責備的。但我已被由我的心中忽然起來的思想所處罰了：

『若她自殺了怎麼辦呢？』

在她的性情深處是有些不能推測的。那就是個人的自主權時常激起我使我們不相和睦。自私的天性我們都知道是能有，極端的堅決的。我依舊精神錯亂由於我前天的酒醉，我投入在她倆，她和我的女孩的自殺的兇惡的想像中了。我揣想她們在旅館中的房間裏，浸在血泊中，在她們的身畔，放着普萊伐朗夫人時常藏在壁爐上的手鎗。於是，我以爲她這樣做因爲怕我這是眞的。我瘋狂地到她的房中想看過明白她倒底拿了兇器在手裏沒有。她沒有。恰當我確信這個事實的時候，僕人通知我說我的岳父要和我談話。我自己認了相當的錯又剖白他們的不公道。先責我妻子的雙親，而後責我的妻子。她避居凡爾塞他們的地方。我的岳父又告訴我她決定不回來了。他是不錯的麽，當我悔過時，當我對他發誓從此不再打牌或飲酒時，他是不錯的麽，我說，聳聳他的肩而回答：『我不相信你，我以爲我的女兒一點不錯的！』而她呢，我的孩子們的母親，她是不錯的麽，不相信我的悔恨，甚至不允我向她說明？我向我岳父要求和她一見，過後的幾禮拜內我請求了十多次。由別人傳達的答語只是，『不，不，不。』

那時她接到我什麽的信呵！我什麽方法不曾想過呢。我怎樣的求她不要破裂我們的家庭，給我一個自己補過的機會，爲了孩子們起見，拭得干干淨淨！拭掉什麼呢？一霎時的我不負責任的記憶！對一個酒醉犯殺人罪的人，法庭還允許有減輕的情事。但於她只是『不，不。』

於是給我一種精神，以爲長時期的苦痛得讓我確信處罰已過了所犯的罪惡。再無所謂家室了。我的女兒棄了我了，也棄了她的弟弟了，因爲——那是我大大地斥責普萊伐朗夫人的地方——她親自阻止二個孩子間的骨肉之情。她所用的手段我不大知道，但我只很知道她的結果。我們的兒子，於她，是我的兒子，我特別地想在這兒把什麼都說出來，我當懺悔恰如她所感到地終結了。

今日，我們的女兒，她的女兒，不復是我的了。她的難於和解的母親把我做父親的觀念窒死了。一種姿勢足以重生做父親的觀念在我的心中。那種姿勢也不是她也不是她的女兒願意做的。我並不固執地反對米西勒。但反對普萊伐朗夫人，我是眞的。

悔恨，既經證明，應有寬赦的權利。我證明我的悔恨第一點在於我拘謹地堅守我的誓言。凡是我俱樂部裏的朋友都可以作證：我自後不復賭博。我的兒子，在過去十二年間他幾乎每餐和我同桌，能證實我的戒酒。

我也表同意於——都認爲我的過錯的——所有由普萊伐朗夫人和她的雙親所決定的分離的原故。我所請求的只是不要離婚爲了孩子們的緣故。那不也是一種證明我不是墮落的她所拒見的人麼？這把我爲我自己而重造的家庭的一絲希望也斷絕了。我曾請求和普萊伐朗夫人自己商議她和她的女兒要我什麼的津貼。這數目不多，這祇因爲她要如此做的緣故。回答我的提議是什麼一個消息呵！『我的女兒，』她的父親代她對我說，『不要你一些什麼。她祇要你給米西勒的必需的教育費。』但固執的我的記憶有什麼用就是在今日，隔了這許多年之後，還對我是怨恨和苦惱呢？我關於她們已說得夠了，足以使我的兒子無猶豫地執行我最後的願望。過去十二年他是我生命中惟一的歡樂，在孤寂時惟一的安慰，我尊重我自己的理由，活着的證據就是普萊伐朗夫人是絕對不公道的，不問一問少年時代的盛氣而就非難我。

我的過失是大的，但這是肉體上的過失。這不是由心靈深處發生的過失。因拒絕寬恕我，我重說一遍，我是有資格贖罪的，我期待這個如此久長，普萊伐朗夫人是有罪的，我再重說一遍，犯了對於我自己和孩子們的驕傲的罪。

我要我的兒子知道這個。那就是了。

四

在這張可怕的文書的底下，善爾•普萊伐朗簽了他的名，註明他在什麼地方寫的，又重題着日子：一九一〇年十一月二十三日，已經在開頭寫過的爲的要劃斷訟事。今日是十二月八日。這是在兩禮拜之前草成的。奧格斯丁憶起情景來。那時候他的父親幾次接見了一個大學時的老朋友他是一個經紀人，無疑地，就和這個知友商量關於售賣他的公債票的事。這個說明了這一大筆存款，在保險箱裏的五十萬法朗。這樣一來可不受遺產法的條例的限制了，他是背叛了法律了的。『立刻把鈔票拿去在她尚未發封之時，』他的父親早說過了。奧格斯丁把重重的包裹由保險箱中取出來，恐懼地，又擲至原處。他關攏門兒沒有旋轉彈簧，他的情緒是這般的亂。於是他回到死人的房中手裏揑着遺囑。他要讀牠在一個易怒的人的屍體之旁，這人利用他，一個天眞爛漫的人，當他報復的工具。牠的悲哀很與他緊握的拳頭中的孤獨的懺悔相一致。在讀這幾頁東西之前他極恐怕他發見關於他母親的一些不名譽的祕密。現在他應當可以放心了。她是個貞節的婦人。若她不然——將怎樣大大地使她的不共戴天的寃家高興暴露了她給她的兒子以輕視呢！雖然是個貞節的婦人，但却是怎樣一個硬心腸的婦人呵！記憶在奧格斯丁的心中起來了。當他是個小孩時他的父親和他一同吃飯舉起滿杯開水帶着獰笑。當他由凡爾塞回來時他的父親盤問他，對他講到他姊姊的事情，若孩子說「米西蒂」如他常常所說的，她幾乎怒惱地改正他：『莫叫她那種可發噱的名字！』

他的姊姊偕她的女教師到紐勒來時，這樣顯然地感到不安，這樣胆怯而且受待慢。而他，弟弟，也不大敢看她一眼。他去訪他的母親時，他又怎樣地被接待呢？一句不問及他父親的康健，一字不談到他的學問！死者是不錯的。普萊伐朗夫人心腸太硬了。以這樣說不動的固執拒絕她的寬恕，她犯了驕傲的罪了。爲辯護他的父親計，奧格斯丁重述他遺囑裏的那句話：「一種姿勢已足以使做父親的觀念重生在我的心中……」

於是，回想他的電報：

「呀！」他想，「我躊躇從事是怎樣的對呵！我當在葬禮之前不發電報。假若她想來，我怎能阻止她呢？而且我答應過……但不，她不會想來的。那末我應當讓米西蒂曉得這個。因爲終究，他是她的父親而且她怕會愛他若……呀，爲什麽他要我把在他遺囑裏所有的話都讀出來呢？而那些關於他的葬禮的囑咐！不，她將祇差米西蒂來的。她不會來的……或者她會有電報來的。」

奧格斯丁，早已被天性所感動了，被他的雙親所引起的，以他們的孩子們來互相戰爭的變態生活更變為易感的了。他不是相信他所希望的人。他試想以好意的見解來解釋他母親的緘默，於是他相反地得了結束：就是，她要來的。

他所以並不奇怪當第二天早晨男僕，由睡眠中喊醒他——他十分被他值夜的情緒所疲憊了——告訴他。

「米西勒小姐在樹下求見你，先生！」

「她一個人麼？」

「不，先生，有一位太太同她來的。」

「她的教師麼？」

「不，先生，另外一位太太……」

僕人顯然有些窘了。另外一位客人是普萊伐朗夫人：他猜過了。

「很好，」奧格斯丁說。「馬上陪太太們到客堂去。那兒去生隻爐子。並且對她們抱歉因爲我未立刻出見：告訴她們我幾分鐘之內就可好了！」

他的母親竟來了，恰是他所害怕的喲！活着時忍心地對她的丈夫，她爲什麼不知道她不當在他死時來臨呢？她旣來了，她會不參預葬禮的麽？那末，他怎麽辦呢？他當服從可憐的死者阻止她麽？但普萊伐朗夫人不是獨自來的。她同她的女兒一道來，這是因爲後者請求她這樣做的。爲了誰呢？爲了他，奧格斯丁，毫無疑問的。少女一定想過在這樣一個時間他們的母親不到將使她的弟弟難堪。這又是一個溫柔的和祕密的手足之情的證明。若米西蒂如他猜想般的做，他將向何處去找力氣來傷手足之情呢？米西蒂千勸萬勸才來的她他能擯棄他們的母親麽？

但那女兒是帶了母親來的呢？

奧格斯丁穿好了衣服。他把皮夾放入他的外套袋裏。他昨夜放入遺囑在這隻皮夾裏。一見露出皮夾外的紙兒決定了他的一種突然的聯想：『那就是她來到這裏的緣故。我的姊姊和我是共同的承繼者：她知道這個而她想知道事情究竟是怎麼樣。」

在對於人生的無情的運命毫無經驗的青年，有種自然的矛盾是有興味的事情同傷感所混合起來的。想到就在他父親病故的時候，他的母親會想及事務方面去是他所討厭的。

「若那是她的來意，」他又想，「她是要單獨和我說話的。我要告訴她我的父親的願望。我在我姊姊的面前是不能如此做的。」

這個給他一種比較地容易的方法解除他自己的天職，但這並未止住一種在他心中所掠過的苦痛的波浪。在他走進了客廳幾分鐘之後，普萊伐朗夫人對她的女兒說：

「我的孩子，到你父親的牀邊祈禱去。奧格斯丁，領她到他那里去罷！」

但在她尚未說話的幾分鐘之前，青年已理會到最溫柔的情感了。他的姊姊以這樣眞正的自然的情愛擁抱他！這次她再不為他隱藏情愛了，他們涕淚交流。這不是為死者而哭的，是為她的弟弟和他的苦楚。重要的是：他們同聲哀哭。奧格斯丁是大大地感動了注意到他的母親。

後者的偏狹的容貌太足以證實奧格斯丁的懷疑了。他是怎樣地感到苦痛在幾分鐘之前，當她這樣淡淡地發問的時候：『怎麼樣發生的呢？』現在他要告訴她什麼呢？他讓他的姊姊伏在她的膝上在他們父親的牀邊。於是他回到客廳裏，毅然決定說出他父親的悲哀的消息。她將以什麼話答他呢？他會一些不反抗而傾聽她們麼？

五

普萊伐朗夫人曾是個很美麗的婦人。雖然四十以上了，她的容貌還是非常的清白。年紀不能損傷她一點。她的家族原是南布羅温斯，這地方一等的品性似乎還保守在某種男子和女人中間，加之以特別的羅馬種的無情的剛毅。她是修長的在稍稍低些的額下有濃褐色的眼睛。她的平直的鼻樑和傲慢的口使人想印她的肖像在紀念章上。根根銀絲快染白了她密密的黑髮上。她的面色，暗淡的白，被她的衣裳，選定在這時候用的，的陰暗的影子却更變爲蒼白了。她眞是這樣的一個婦人，如她的無情的驕傲赤露在她丈夫的遺囑中的。她的面上只有固執，嚴酷和絕對的堅決。適中其的，不多久她兒子面着她：

『奧格斯丁，』她說，『你很知道關於你的父親和我之間的誤會的罷。你也一定認識就是自從我們分居之後我帶你的姊姊和我同住，她的利害關係的保護是我不變的責任的罷。』

青年是呆住了，因爲果不出他之所料。

『米西勒，』普萊伐朗夫人繼續說道，『是到了出嫁的年齡了。雖已有成功之望；但事情却還是飄飄渺渺。我一定要知道你的父親如何處置。』

她說話時她是在研究他，以探索的目光仔細地查究他，在這眼光裏他想他知道了一種可怕的疑心了。

「你同他很接近；若他處置好了，無疑地他對你提起過了。」

「是，母親，他有過。」

「呀！」她說。「你能告訴我他怎麼決定的麼？」

「但是，母親——」他中斷了。

「這是不會怪你的。若這張遺囑，如我心中所想像的，是偏愛你，這是很自然的，即使你父親沒有把牠交給他的律師，你，知道牠的內容，儘可放心好了。或許你父親親自叫你如此預防罷。他如此痛惡我。他大概懷疑我要把牠毀滅吧！」

發出這些話的時候，她搖搖頭她的兩脣張開露出一種不信任和輕視的獰笑。所以奧格斯丁所看過的他父親至死還未忘記的殘忍的婚姻的怨恨在他母親的心中也還未去掉。讀罷文書後在青年所起的殘酷的印象又回復到他心中來了，如此的強烈使他的咽喉收縮了。當他交給她譴責的文書時他的語音是塞住了，他說：

『是你要的，母親。讀罷！讀罷！』

他想推理的說：『讀而悔恨罷！』但他自己抑止住了。這會使事情不可收拾呢！他又感到他的姊姊是怎樣的愛他了。他整個的青春是渴望尋常的家庭生活。自然，他知道同他的父親有過如此的外觀，但是怎樣的不完全呵！他的姊姊，他們最早嬉戲的米西蒂，他最早的而且最幸福的時代，還在他的記憶中。同他的母親相爭是要失去她的。他注意這位不受驚嚇的母親拿了遺囑，拆開來讀。她蹙額，她的手拿着文書，幾分鐘之前的苛刻的譏誚又來到她的嘴上而且更爲堅強。他看到她深恨這個男人的最不可測的一面。被生他的男女的仇恨的恐怖所感動，情景是難忍受的：他想大聲疾呼。他們中之一，他的父親，已抱恨而終了，沒有得到寬赦；在最後的幾分鐘當牧師吩咐他而他想說時，但已晚了。他的聲音和刀氣使他失望了。這種可怕的詛咒終須破壞的。姊弟當仍是姊弟，如取綽號米西蒂的時候。他們當同住一室以至終老，敬重他們的大人。

「一種姿勢已足使做父親的觀念在我心中重生……」遺囑裏動人的句子又纏住他了。

一種感動在他身上掠過，是一種大量的波浪，這個，在某一時間，由心靈的深處起來，向着他們面前掠過。

普萊伐朗夫人看完了文書。她如摺攏普通一封信地把牠摺攏。譏諷的輕蔑改變了她優稚的面容。

「很好，」她說，把文書還給他，「我知道了我想知道的什麼了。你不能只以爲你的父親是對的。我不中止辯護我自己。我不相信他的悔恨。你看見過一個人他在那夜的情形，你切莫忘記！你不能忘記的……」

她的眼中發出恐佈的一瞥。死人所懺悔的殘忍的恐佈。她的眼瞼閉着。

「我要同米西勒回到凡爾塞去。放我們的名字在死人報告上若你以爲適當的話。我認為我來此參預葬禮是無用的。我並不想反對你父親的遺囑或為此爭論。而且我也不以為你對這個情形要負責任。我不會使你不利的。如我未確信，十分確信我永不譴責一個人，眞的，我是完全對的。」

這種感覺，又是一次重新固定她全個行為的合理由無情的一瞥表示出來了，使奧格斯丁毛骨悚然。但他鼓起他的心了。他要破壞這個深恨他要挽留他的姊姊。

「母親，」他說，在拿囘遺囑之後，「你對我說過你關於米西蒂的婚事……」

「是，」她驚奇地同聲的說。於是矯正他，「一件婚事我「曾經」想過。」

「她與人發生戀愛是在攷慮中麼？」

「戀愛……啊，總之她極端喜歡他就是了！」普萊伐朗夫人答道。

她的表情有些改變了，但還是有些敵意的不相信。她問：

「你爲什麽想知道呢？」

「你以爲，」他未直接回答她地說下去，「在嫁奩方面看見相左麽……你知道你剛才說過，「我曾經想過……」」

「停住，奧格斯丁！」她快快解說。「我禁止你想我來看你是有意外的動機，不然我無論什麽可以說的。我來此祇來通知罷了。」

她又重說：

「我不想一些什麽。一點也不要。」

「呀！母親！」他嘆息。「幾年來這是第一次你怎樣的不大了解我呵！」

他走到火爐邊。一種順柔的和寬厚的火燄在僕人所生的火中昇起。拿了遺囑他投入火中。火花四射。以火鉗，奧格斯丁搗碎黑的紙堆。牠的芳香向煙囱上昇。

他的母親注視他，一動不動。他站起時她做了一個感情的所有物了，他從來不曾在她身上看見過。他的舉動是這樣的迅速和這樣的自然，在他面上發出這樣的一種熱情就是證明了他的大量是能感人的。她運用了長遠不曾用過的辭句：

「奧格斯丁，」她說，「我親愛的孩子！」

她張開她的兩臂。他嗚咽地投到她的地方。

「啊，我的兒子！」

於是聯絡兩個孩子爲一個思想了。

「爲她的緣故，我怎能感謝得盡呢？」

「到此地來罷！」他求她。

他指點到別一間——「他」躺着的地方——去的門。

他手拉着她；她跟着他；他們走進死人的房中。少女正在牀側祈禱。

「和他接吻罷，母親，」他又求她。

他注視她的躊躇，於是俯下去在死人的額上。「一種姿勢已足以使……」

是這樣的寫在遺囑裏的。那種姿勢他剛才做過了。一種神聖的感情在青年的心中流出來了。當他跪在他姊姊身傍的時候，他熱情地緊握着她的手，低聲地自語：

「父親，我做得不好麼？你也不寬恕我麼？」

一九二九，四，一。譯了。

南斯拉夫·哥羅斯亞

安東·格斯多夫·麥士斯

鄰舍

安東・格斯多夫・麥土斯（Antun Gustav Matos）生於一八七三年。是南斯拉夫・哥羅西亞人。他父親是鄉村小學教師。生他以後就帶他到 Zagreb，在那裏開始受教育。以後又到維也納習獸醫學，但他沒有興趣，又到 Prague，因沒有學位，又被徵去當兵。後因犯了軍律送入牢獄中，但又脫逃到柏爾格雷特，他就在那裏的皇家劇場的樂隊裏奏樂。又漫遊了歐洲，後來被赦而還到 Zagreb。於是一面做教員，一面做記者。他寫了許許多多的作品。他患癇瘋死的，時在一九一四年。他是一位文學上的激烈派，也是寫實主義者。他做教員，批評家，小說家，在哥羅西亞文學上沒有人比他更有供獻了的。

隣舍（The Neighbour）是他短篇小說中最生動的一篇，譯者是從英文轉譯的。

鄰舍

柔石譯

他很疲倦了。他想涼快他自己一下，靠在二層樓他底房間底窗邊，他底思想在遠處流動。他爲了負債不得不離開他底故鄉。他底家裏迫他離開，給他一點到美國去的必需的路費。他到了日內瓦中途下車，就賭起博來，打撲克從斯拉夫人手裏，尤其從布加利亞學生那裏贏了錢。有一個學生，因爲錢輸了，跳到湖裏去自殺了，於是忒卡雷克不賭博了，起了一個快樂的想頭：他租了一座大房子，買了幾張蓆子動手教擊劍，以後又教點拳術。(後一種技藝他是從巴黎的拳師那裏學來的。)

用這把劍他進身到社會的上流階級去，得到有力的保薦書，尤其是俄國。從遇到一位驚異的對手，使他跳進世界的勇士隊裏，以後，他就預備到巴黎去。他生平從這時起從事積蓄。那班年青的，偏心的，以四海爲家的仕女們，特別地，幾乎抬舉他似王子一樣。他動手償還了他故鄉所欠的債款。個個人都佩服他底本領，好是不能否認的，是鎭守邊疆的英雄將官們一直下來，盧敦時代的貴族的嗣業。像大多數輕浮的人們，他留着一顆好心，——孩子似的還少女似的生命之光，從他淡黃色的鷹似的眼中閃出；且有黑的男子漢的鬍鬚，加重他面部底威嚴，像我們那些「哈頭克」(Hajduks)同「阿斯夸克」(uskoks)的山居人民的子孫一樣。雖則他多情，但沒有一個女人是他所眞心喜歡的，因爲根本上他還是一個「唐，吉訶德」，夢想着理想的女子像其餘一切男子一樣，他們被養成在武士的理想中。

由大空場改築的花園，吹送着怡適的涼風。從附近一家的窗口可以聽到金絲雀底歌聲。遠處還可以聽到一種甜蜜地悲哀的歌調，是「川濱」民歌。忒卡雷克隨着他底雪茄烟的舒卷，夢想着，兩眼睜開似野蠻人。忽然他畏縮一下。在他精光的出汗的頸上，他覺到有幾滴水點。他用手帕揩了，但是唉，又落下來，且從清明的六月的天空中落下來。這青年迴轉他底頭，向上看，在上一扇窗花盆與花球當中，嬌羞着一位美麗的婦人，她一句話也不告罪，無力地轉過她底眼睛從她惶惑的臉色上。

「與你美麗的花在一起，你也是帶水刺草，馬丹，」他最後用他底生硬的法國語說，這使他們想起小孩子的學話，使那班女人們十分喜歡。

「我是不會傷害你的。」她囘答，她還是以孩子的好奇的目光注視他。

「但是也有刺草沒有刺的。」

「我對於植物學的智識是十分可憐，但是我願意接受你所說的話。」

「請不要走，馬丹；這是何等奇怪，仰看天上，而你在那青天中被那些美麗的花朵環繞着。」

「你是一位外國人，我推測，從你講話的態度和發音聽出來。」

「我是，是我的不幸。我是一個失敗的軍官，而且，如你無疑地知道，我現在是教劍術和拳法的。」

「是，我已在新聞紙上讀過關於你的新聞。你是往光榮路上走的人。」

「可憐的光榮！僅僅比偷竊好一點。人生應當如何？大丈夫必須建功立業。我的計劃應當成功，我將要到巴黎去，此外再教騎馬法。我是一個喜歡騎馬的人，你不能知道我在這裏沒有我底馬心裏怎麼。我一見良馬，就同一個阿刺比亞人一樣憂愁起來。祗有我們騎馬人會知道一匹馬和一個騎馬人可以變成一體；不是馬底靈魂在人底身體中——自然地！」

「你是一個絕跡的半人半馬的怪物的遺種！你有遇見過「亞馬孫族之女子」麼？」

忒卡雷克注視她，怎樣她臉一忽青一忽紅，而她底眼，憂鬱地，充滿奇異的潤濕，那使她羞愧的，他想用溫柔與熱烈的感情回答她，但在那花球中只現一下匆匆的敬禮，掩媚，和女神式的癡笑。

這樣，她們就變成相識了。

在黃昏，忒卡雷克不願到城內去吃飯。他感得有些羞恥。一位蓦生人在面前使他困窘。在黃昏，在一間灰黯的房內，睡在一張皮沙發上，這亦當一張床用的，他覺到非常不快樂而且孤單。他想起他已死的母親，她是嬌養他的——她底獨養兒子；甚至當他是一個武備學堂學生時還是每天早晨到她底床前去，在她未起來之前。他底囘憶又轉到他底父親，一個陸軍上校，眞正的"Bruder Jovo"，紅的臉，白的鬍鬚似杖一樣硬，穿着平民的服裝，寬袍大袖！同那紅色的破了的早晨拖鞋。甚至他做了官，當他父親的面前而沒有得到允許還不敢吃烟，他囘想；當他臨死時，兩行熱淚忽然流瀉下來，好似鎔化的鐵，這種火焰他仍覺得留在他底兩頰上。

『正當些，彼羅，不要學成一個水手一樣。就是做苦工，也要像你祖宗那麼高尙。這是一支手鎗，或者對你有用的，更爲你自己，無論什麼羞辱，對於你或對於我，你要報復。高尙地死去比受辱的活着要好。」

忒卡雷克尋出來。在紊亂的行李中，像吉卜賽人底，一張像片，雖則這時已十分暗，一位婦人，灰色的頭髮，從圖裏顯現出來——她仍然是姑娘般體格，灰白的，動人的，黑的眼球，同一種不變的，含愁的微笑——而這個異鄉人，已經流蕩過兩年了，緊握着這親愛的，無生命的遺骸到他底脣上，似小孩一般哭起來在他未睡以前，很大很大的淚；由他已死的母親底影子的安慰，他睡熟去，也沒有脫衣服。

他突然醒來，因爲窗上有人輕敲一聲。除恐怖，表示種種感情，他是非常驚駭，想，他爲人欺騙受了苦痛。而窗上又敲了一次，二次，三次，他起來，走近去，看見一個鑰匙搖蕩在繩索上，從樓上的地板上掛下來。緊縛在鑰匙上的是一只舊餅從市集上買來的。時候將近半夜。沉靜管轄各處，只有時街上有一二輛摩托車跑過的聲響，同一種伴奏着梅獨鈴的，附近幾位意大利工人的歌唱。

「我們已經去過法國邊界的市集上，記着你是孤單人，買給你這個東西。這裏不是我底家。我是一個法國女人，我想孤單是悲哀的，又實在相信，你很不快樂，獨自的在你幽暗而空虛的房內底黑暗中。」

「謝謝你，謝謝你，」他說，一邊解開這禮物，他仍然爲回想所支配，這是撫慰他睡去的。他底聲音顫動還帶着悲泣，向後靠在窗台上又解這繩索，他仰頭看她，在美滿的月底溫柔光中變了樣子。

「啊，你是何等的美麗，我的魅人的鄰舍！倘若你實在是這樣，那你給我的禮物，從這塊餅裏你帶給我怎樣的快樂，或者你已細想過你底舉動，因爲，在這個乾燥的心中，我感覺到好像我有你底心與你底靈魂的一部分。」

「唉，輕些，鄰舍恐怕要聽到。」

「不要怕！住在下面的人常常旅行去的。」

忒卡雷克就跳上去，用他運動家的手拿住外面的窗架，懸起他的背來，他底全個身體經過深的黑暗的院子，好像經過深淵一樣。

『唉，修修好罷！你要做什麼？你這瘋子，將給這老朽的木頭，你要碎了你底頸骨。我求你，同兄弟一樣，同兒子一樣，同神明一樣，我懇求你，走進你底房內！可憐憐我！』

忽然她哭起來，於是放鬆他底拳握，他幾乎從窗上跌下去。他覺得一種溫暖的濕潤落在他額上好像眼淚。

『呵！我的親愛的，魅人的，和善的鄰舍，假如我不怕你悲傷，我願立刻跳下深淵中如跳下水池中一樣，因爲有一樣東西落在我額上像露珠一般，從那美麗的淸新的你底天上。』

『可憐可憐！可憐憐我和你自己，你這瘋子，』她還是向他懇求，幾乎不能的，發出極大的恐怖與同情，大聲叫出，『我願答應你隨便什麼事情，隨便什麽事情，你知道的，倘若你走進你底房內，淸楚的。」

當窗架的木軋軋響着，她發出制止的銳叫，而他則一個翻身，跳落在他底房內帶着一種重大的歡樂的笑聲。

『直到此刻我都掛在你同黑暗之間，生與死之間，而現在生命與歡樂從你底照着月光的窗上看到我，我底親愛的美麗的鄰舍！』

同前一樣，他臥在窗台之上，注視着她，她的影子，交織在月光中，爲溫暖及光耀的星衆所圍繞，而她靜靜地注視這新奇的非常的人。他們用他們底眼睛無聲地談話，經過很久，後來她說：

『我喜歡你因你並不堅持我底話，也不問我什麽。夜安；這是必須愛惜的時候。夜安，謝謝你，我底鄰舍！』

『啊，稍稍再停一息，告訴我，無論如何，我怎樣叫你？』

『我底小名是維蘭鐵那。』

「美麗的名字！有一囘，倘若我底記憶不錯，一位美麗的公主是這個名字的。」

「是的，密雷底維蘭鐵那，那麽你底名字呢？」

「彼得，平庸的彼得。」

「夜安，親愛的彼得先生 Au revoir（法語：再會，）我底丈夫不久要囘來了。」

「誰呀？」

「我底丈夫！」

「唉，夜安！」

丈夫！他永遠沒有想到過這個。一下子，冷汗在他底眉上透出來。他就跑出去，徘徊到天亮，繞着平靜的有月光的湖，充滿着那光明的閃爍的螢火似的和淡綠色的星象的反照。

他剛剛睡下，而拍，拍，拍，窗格上又有輕敲的聲音。他底魅人的鄰舍又出現了，像那黎明時金色而嬌紅的，玫瑰似的，而且白色的，穿着早晨的花邊長外衣，她可愛的藍眼睛，仍是睡意深濃。她放一個小指頭在她紅的造蹟的唇上，甘美而熱情的，如無聲的符號。

『我覺得全夜都不平安，』他輕語，灰白而疲乏的。

『不要怕，我明白你，不要怕，彼得，我祇有對你是眞誠的！』

她底呼吸如花的顫動，當忒卡雷克伸出他渴望的臂膀，向那沉靜的滿開着花的窗，被太陽的第一線光照着，那時從上面來了一位男子底不快樂的聲音，嚴重地繞着他底耳際。

如此天天復演，經過了兩星期。

維蘭鐵那是非常地驚駭，當忒卡雷克不見了沒有留下一點痕跡。他從憂慮與苦惱中病了。一個下雨的黃昏，她底丈夫告訴她一種疑難的樣子，他等待一位很重要的客人，於是他們靜寂地坐着。她想這或者是什麼麻煩的商業上的事情、什麼討厭的蓋章之類；而當吃晚飯的時候，她聽到彼得在樓上走的聲音差不多要暈倒。不管她的一切疑問，她的丈夫不肯說明這種不希望的拜訪。

晴天霹靂一般，僕人通報那位「卡雷克先生」送來他底卡片，他要進來。

她當初不認識他；在這幾天裏面他變得如此憔悴了。她底丈夫站起來，換了一種矜驕的態度，雖然裝着十分和悅的臉孔，帶着眼鏡，有美秀的髫鬚，揩淨他底禿頭，苛刻地氣喘着，好像患喘息病的痛苦一樣。這位客人恭敬地行一個軍禮向主婦底手上接一個吻。顯然煩惱的，坐下去。於是，經過片刻的不舒服的靜寂，向他底主人說道。

『我很快樂，哥力農先生，因你接待我如此毫爽。而且照我看來，你沒有告訴馬丹接待我的訪謁。倘若現在還存在着武士風尙，靈敏的人們所含有的，應排除無論什麼一小小的不快樂。』

「很好，很好。」主人發出聲音，呼吸沉重地，「我今天關於你已經完全打聽過而且知道了，我知道你底事業是在好的局面裏，你有一個光榮的未來在你的面前，雖則，比較上，很困難。像一位商家和商人，我猜着你到這裏來的目的同原因。你在這裏沒有認識的人，亦沒有同鄉；在你底本鄉你用不到求人幫忙，可推測的，那末，在鄰舍上，你願要求我，已經超乎你底力量同你底不可疑的高貴而提出來了。你已經要求我，叫我底妻子出場，即是如此細緻的事情，你一些不怕——恕我——困惱的目覩。先生，我還沒有孩子，雖則是個財主。我同情個個青年人願他生命舒適。」

「但請恕我。」

「答應我，答應我，我親愛的「卡雷克」，我實在並不同人們所傳的富，但我願時常盡力地幫忙你在你未可限量的建設上。這我知道的，你底建設是非常順利的，你如此使我覺得驕傲，不管你同何國人來往，尤其斯拉夫人，貴族，到我一個平民商人這裏來。』

深而沉重地呼吸。時鐘的鏑鏑聲與心底跳動相混和。維蘭鐵那底眼睛變做一動不動了。

『從你底話聽來，親愛的鄰舍，你眞是一個好人比我從來所夢想的，如此我將更苦痛與煩惱了。倘我早知如此，我決不這樣做了。』從忒卡雷克說出來的，好似從墳墓裏說出來一樣，而哥力農可怕地向四周看看，心想他必須對付一個危險的大猩猩似的瘋狂者。

『呀，這是什麽呢？這是什麽呢？』他用力呼吸，同時他從桌下踢他嚇呆的妻子一脚通報他底駭驚。她沒覺到他底輕觸，她底心靈與肉體的力是非常麻痺了。

『不，先生，我不是爲錢來的，我是爲她來的，爲你底妻，爲維蘭鐵那，爲我親愛的——』

「你神志清爽麼？」主人歎息着，衝到窗邊好像他要叫起「火着了。」忒卡雷克燃燒的發熱的凝視着幾乎向椅後跌去。

「是的，先生，你已說的不錯。我是一位高尚的人，高尚到連我不會說一句謊話，我願意殺，我願意死，在竊取別人底妻以前，強奪屬於別人的愛，尤其是如此富於同情心的人像你一樣。我愛上你底妻，你底妻也愛我，所以我今夜高尚地坦白地來告訴你，我要帶她同我一道去。」忒卡雷克繼續說，放他底手鎗在桌上，「這裏，先生，你不要怕，我不是一個瘋子，我不是一個犯罪的人，你可以，倘你覺得沒有出路，將這支手鎗拿去，打死我，在這裏像普通的流氓或盜賊一樣。」

重來苦痛的悲傷，不幸的沉寂；困難的沉重的呼吸，這鐘底擺蕩好像心的跳動，心底跳動好像鐘的擺蕩。

「呀！我聽到些什麼？這都可能的麼？告訴我，告訴我，維蘭鐵那。呀，這不可以，這不可以，這不能成爲事實的；不是這麽說，維蘭鐵那，我底親愛的小維蘭鐵那。』丈夫嗚咽着。

『彼得．忒卡雷克，誰凡凱城堡的貴族，是貧苦的，再沒有一套軍服，但他還是一位軍人，永不說謊話的！』青年張開他底胸膛，奮力地說，好像命令他底部隊。維蘭鐵那的板滯的眼睛動了一下，慢慢地，似醒了過來，她起來走到彼得底面前，從頭到脚看他一遍，說：

『不管你是一個奧大利亞人，匈牙利人，斯拉夫人，或什麽國人；你應該知道我是一位法蘭西婦人，在法國，這不是習慣，對她底丈夫苛責她的愛人。哥力農先生，我實在喜歡他底模樣，雖則我沒有失身於他；但從今以後，我深深地恨他了，讓那外國人想他自己打他自己的巴掌罷。再會，老爺們！』於是她逃出房外去了。

『高貴的先生「卡雷克」君，你要什麽幫忙麽？我是隨你吩咐，』哥力農對青年說。青年跌蕩地走出房門似酒喝醉，而且感覺到像一隻被鞭韃着的狗。

僕人跑到他底後面，在走廊上。

「對不起，先生，你忘記了你底手鎗了！」

南斯拉夫·斯拉窩尼亞

伊凡·開卡

孩子們與老人

伊凡·開卡（Ivan Cankan 18—?—1919）是南斯拉夫，斯拉窩尼亞省青年作家隊裏最著名的一位作家——是小說家也是戲劇家。他底主要作品是以後才出的。"Dream Visions" 是歐洲大家所稱頌的名著。本篇是從 "Great Short Stories of the World" 裏重譯的。

孩子們與老人

柔石譯

每夜，在他們就寢以前，孩子們常常聚攏來談天。他們坐在大爐子的架上，他們心裏想着什麽就說什麽。經過朦朧的窗，這黃昏的落照凝視到室內，用着裝運到夢裏去的眼睛。每一角，這靜寂的影子向上浮動，給他們帶來許多奇異的故事。

他們想到什麽就說什麽，但他們所想到的只是日光與溫暖用愛與希望交織的快樂的故事。全個未來是一個長久的光明的聖節。沒有大齋期在聖誕節與復活節季之間。此外，有幾處在花帷之後，個個生命，閃爍與震顫，靜靜地流瀉着從黃昏到天亮。話是輕輕地而且只有一半會懂。沒有一個故事有怎樣的開始，也沒有一定的結構，和怎樣的完結。有時候，四個孩子一齊說了，也不吵擾別的一個。

個個凝視而迷惑於美麗的天上的光，那邊每個字清楚而且眞實，那邊每個故事有清晰同活潑的臉孔，而且每個都有光榮的完結的。

孩子們個個都很相像，在朦朧的黃昏中，他們最少一個的臉孔，四歲的東切克底，同最大的十歲的露西加底不能分別。個個都是薄薄的鵝蛋臉兒和大的睜圓的眼——內省的眼。

一個黃昏，一種不可知的事從不可知的地方用暴兒的手運來，在天上的光內無情地打擊在聖節中，這些故事，這些傳說。郵局得到報告，說那父親「覆歿」在意大利的境內。有些事情是他們所不知道的，新鮮的，奇怪的，完全地不可思議在他們之前起來。它站在那邊，高且大，但沒有臉孔，沒有眼睛，也沒有口子。不是什麽地方人，不是那些在教堂之前或在街上的騷擾生活，也不是溫暖的曦光圍繞在爐邊，也不屬於故事。

沒有什麽快樂的，也沒有什麽特別的憂慮的，因爲它已死了。因爲它沒有眼所以由它的目光不能顯示在何時與何故，因爲它沒有口所以不能由語言說明。思想謙卑地膽怯地站在那巨大的現象之前如在太黑牆之前，不動地。它走近那牆，聾啞的笨蠢的喫驚着。

「那末什麼時候他將囘來呢？」東切克問，驚奇地。

露西加用肘觸他同時怒看一看。「他已經覆歿了怎麼還能夠囘來呢？」

個個靜寂下去。他們站在大黑牆的前面，牆外他們就不能看見。

「我也將去打仗去！」七歲的麻得舒不及意料的說出，好像他迅速地擊中很對的思想，那是很顯明地個個須要說的。

「你年紀太少了。」四歲的東切克勸告他，語氣深沉地。東切克仍穿着華服。

密耳加，最瘦弱的一個，她裹在她的母親底大披肩裏很像旅客的布袋，從陰暗中發出柔脆的小音，「戰爭像什麼呢？告訴我，麥得舒，告訴我們這個故事！』

麥得舒說道，『是，戰爭像這樣的。個個人互相用刀刺殺，互相用劍殺死，互相用大礮放，你殺死的愈多，你就打勝仗。沒有人對你說一句什麼話，因爲那就是怎樣的一件事情。那就是戰爭。』

『那末他們爲什麼互相殺死呢？』密耳加堅執地問。

『爲了皇帝！』麥得舒說，他們又靜下來。在他們朦朧的眼前底晦暗之處，顯出許多光榮底勢力和輝煌。他們一動不動地坐着，他們底呼吸小心的從他們口子裏漏出，好像在教堂裏祈禱一樣。

於是麥得舒重又迅速地集中他底思想，驅散沉寂，嚴重地向他們說，『我也將去戰爭，反對敵人。』

『敵人像什麼呢？他頭上有角麼？』密耳加忽然又脆聲問。

『自然他有的，沒有角怎麼能做敵人呢？』東切克用着重的語氣，幾乎發怒地回答，莊嚴地。於是連麥得舒自己也不確知這回答是正確否。

「我不以爲他——有角！」他慢慢地遲疑地說。

「他怎麼會有角？他也是一個人，像我們一樣的。」露西加不顧似的說，她想了一想，接着說，「只是他沒有靈魂。」

停了許久，東切克問，「那末怎麼一個人覆歿在戰場上呢？像這樣，往後面翻？」他做着姿勢。

「他們殺死他！」麥得舒鎭靜地說。

「爸爸答應給我一支鎗。」

「他怎麼能給你一支槍，倘若他覆歿了？」露西加粗魯地反問。

「他們殺——死他？」

「殺死。」

這幼小的睜大的眼睛，沉寂與憂愁的閃動在黑暗裏，在許多不可知裏，在不能想像的心內。

同時在草舍的前面的板凳上坐着祖父祖母。太陽底最後的紅色的光焦灼的射過園子的黑暗的叢葉。黃昏是幽靜的除出幾分鬱悶的，伸展着的嗚咽，已經是啞聲的，從獸欄裏發出來。這是一位年青母親的哭泣，她到那裏是去看守家畜的。

兩位年老的人坐着深深地俯着，互相靠近，捻着各人底手，好像他們長久沒有牽過了。他們用無淚的眼凝視天上的晚霞，沒有說話。

南斯拉夫・塞爾維亞

拉柴力維基

井邊

拉柴力維基（Laza K. Lazarevich 1851—1890）在柏爾格雷特學完法律以後，就得到管理醫學之職。在一八七二年重又在柏林讀書。七年以後，得到學位，於是回到柏爾格雷特，在那里他做過了許多重要官職，於一八九〇年大概以肺病死於該處。拉柴力維基是塞爾維亞最著名最普遍的作家，他底文學作品有許多。在他許多的描寫他的本鄉情形的短篇小說中，「井邊」（英名 At The Well）要算最好的一篇。原作在一八八一年出版。

井邊

柔石譯

鱗片的密集的雲，像白色的幽靈，被呼呼的風驅趕着向各方飛散，直到牠們掛着如微小的白色水晶在人的鬚上和馬的鬣上。——那是我常常這麼說的：倘若沒有許多蒼蠅來吵擾你，就是冰凍。兩脚結冰了，眼流出淚。甚至白蘭地也沒有力量使你的心溫暖，那末你要找找看，一份招待周到的人家來歡迎你。

啊，上帝，我知道我將到那裏去！我將往麥薩斯•詰那特舒那裏，那遠處，無論什麼時候，總有白蘭地的酒瓶掛在房子的前面的梅樹上。無論誰走過都可以喝。——固爲麥薩斯喜歡這樣。假使你去跨進他的門限，他的全家將待你像一位貴族。關於這個用不着多說；一個人可以用他自己的眼睛去看。怎樣的一個家庭呀！怎樣的一個大家庭——一大羣的人呀！有者一日傍晚，當他們都在盼望你去時，一個媳婦一定在路上等候你，她的手裏捻着一隻火把，第二個等在果園裏，第三個在獸欄的前面，第四個趕着一隊狗，第五個歡迎你到廚房去，而第六個領你到休息室——好似一個結婚禮，實在的！無論誰都愉快，有禮，滿足。天幫助你你可在房內無論同誰角力。六個兒子常常預備着像兵士。他們裏面的一個是眞當兵的，衞護柏爾格雷特（譯者注：Belgrade 是塞爾維亞的都城。）的國旗。

他們不需要收獲人或別的什麼人幫忙；他們自己都能夠伸出手來做事。犁是不斷的用；當屠戶來察看他的猪時，麥薩斯是很驕傲的。

我知道埃珊當他還是一個少年人的時候。他就坐在伴碼斯的屋前，吹他牧童的橫笛，因爲伴碼斯有一個女兒。怎樣一個小妖婦！人們都說，倘若她用她火焰似的眼向誰看一看，誰底心就將燃燒起來，但埃珊對她看慣了。他的左臂靠在門上，他對她說：『我很怕羞對父親說，也很怕接近祖父。我不能這樣做，甚至卽使我已知道你將永不會是我有的時候。』

阿拏凱並不害羞。她姣滑地看他一看，靠出門外一點，掩藏她的嬌怒，說：

『呵，那末，不要這樣做。我將同腓力普·麥力舒結婚。』

『你想我會讓你去同別人結婚麽？別人敢膽觸你一觸，他的性命就要不保了。』

阿拏凱似一個嬌養慣的孩子，頓她的脚，眼裏冒火看他，答：『你寧願送了我的一生過去像一個老處女麽？請你不要說吧！』

埃珊沒有聽到別的。更走近些，他搶去她的手腕拉她到他身邊。她的堅決的主張慢慢地脆弱起來，她戰慄那男人的手臂圍抱着她的腰。她或者是一個少頑強些的女孩，倘老伴碼斯不嬌養她。她的父親做了點什麽？幾年以前，時疫奪去了他的其餘的幾個孩子，所以現在他愛護阿拏凱像掌上珠。

那天黃昏埃珊回到家裏，憂鬱的樣子。舉動也反常，他首先走到酒間裏喝下很多的酒，他以前從沒有這樣做過。他又回到草場上，坐在一塊樹樁的上面，一直到很暗以後，被夜間的聲音所併吞。在廚房的灶上，放射着火焰的舌去舐從天花板用鏈條掛下來的鐵鍋。一種新近發現的火在埃珊的心中燃燒着。在四周的黑暗中他認出人的影子，狗跑過場上，牛從牧場囘來；他聽到馬廐內的馬的脚蹄聲；他認出他的哥哥內那特從城裏囘來。一隻牝雞飛到桑樹上，朦朧的向四周看看，又飛到別一株樹枝上。一隻小鼠也敢來咬埃珊坐着的木頭了。

他覺得暈眩，他的心跳也很厲害，一息他又笑了，愚笨地，無緣無故。當他間斷地笑和叫，他看見阿拏凱的朦朧的影子。他背靠在一大桶邊，覺到好像他要死去。但這是異樣地歡忻，因他描摹他自己在阿拏凱的懷抱裏騎在亞斯托爵的野馬上。一種由酒醉所生的第一次的感情。

他睡去沒有多久，凡鈴凱捻一隻火把來尋什麼物件，看見他。當她看見他和在他手裏有一把酒瓶時她發急跑近去，拉着他的肩，叫，「寶寶。」埃珊張開他充血的眼。

「你喝醉了，我的有趣的弟弟。」

埃珊從他的夢境中醒過來，怡悅的答，「喝醉了！」

「爲什麼這樣，我的快樂的弟弟？」

「爲什麼，因我要去殺腓力普・麥力舒。」他拿起酒瓶抛在地上，瓶碎了，他笑。凡鈴凱也笑了，「腓力普犯你什麼，寶寶？」

「他要娶阿拏凱。」

「那讓他娶她好了。」

「但是我要沒有了！」他要起來離開那裏，但他仍跌囘去。凡鈴凱心愛地笑，又問，

「什麼，寶寶，你要娶她麼？」

「自然我要。」如此他煩悶起來，轉向桶子，聽音破碎地呻吟：「我的哥哥爲什麼結婚？我也要——自然的！」他很起勁地拍他的膝。凡鈴凱仍舊笑，叫

道，『可憐，我的孩子，你將娶她，不要怕。我同父親去說，父親將告訴祖母，祖母又將同祖父商量這件事情使你滿足。現在讓我扶你進來。祖父一定不願看見你像現在這樣。去睡去。不要怕——我們願意給你娶一個姑娘來——總使這姑娘是阿拏凱！』

『上帝看！我惟一的要她！』

凡鈴凱領她的小叔到房內，用氈給他蓋上，走到廚房向她們妯娌發表這個消息。但沒有一個高興聽這消息。

『她對於我們家裏是不好的！』

『她是賣弄風情的女子！』

『不單這樣，還嬌養的厲害。上帝保佑我們！』

『她是一個陰謀家！』

* 　　* 　　*

麥薩斯・詰那特舒是一個很老的老人，他的額上是很難看的，有一個老的傷疤是他在哈特克・凡爾哥打仗的堡壘上受傷的。這全村的人都叫他『爺爺』。他的妻早就死了。他的大哥留下一位寡嫂現在與他同住好像家主，與他同負長老會議的公家義務。她的名字是拉獨凱，她的桌子的坐位是在祖父的右邊。她對於一件事情的同意必須在祖父許可以前。例如，他問，『你怎麼想呢？嫂嫂，關於買那塊麥力舒的草地？』『隨你喜歡，我的阿叔，你有男子的腦筋。』

祖父的大兒子，勃拉哥耶，就是埃珊的父親，是這家庭會議的第三員。全家其餘的人都是聽着，服從便了。這三位長輩有時特意離開家裏，使得孩子們玩玩他們心裏所願意的，婦人們盡情地說話，男子們自由地吸烟。一息，無何如何，『三老』裏邊的一個總走進屋內，於是個個人就變靜寂和忙碌起來。

祖父是一個老人，但行爲常常像孩子一樣。有時爲了一些細小的事發起脾氣來，於是憤怒，責罵，在他脾氣發作時，誰最近他身邊他就向誰打一頓。一忽，他又和善，大量，同小孩子們玩玩，給他們幾個錢。一忽，又會無緣無故地叫起來，「在這個世界上我感覺到孤獨，像山頭凋謝了的樹一樣。」

青年時代有他的無謂，老年時代有他的龍鐘。

埃珊的失戀後一天，勃拉哥耶用嚴肅的態度走到拉獨凱前面，說，「伯母！上帝寬恕我們，埃珊爲了伴碼斯的妖怪的女兒發癡了。」

「埃珊？那個還是去年夏裏才成年的孩子？」

「是這個。」

「你說伴碼斯的蠻勇女孩？」

「是的。」

「阿拏凱？」

「是她。」

「她對於我們家是不好的！」

「不，不，我也如此想。但是埃珊，上帝恕我們的罪，是深深地愛她。凡鈴凱告訴我他昨夜舉動壞極。」

「唉！他做什麼呢？」

「請你不要對祖父說半句什麼。」

「不說的。」

「凡鈴凱告訴我他喝醉了酒，於是要去殺腓力普．麥力舒，因爲，你知道的——這個人是在想阿拏凱的。」

「你說什麼？」祖母思量了半嚮，又說，「我將這個事情去對祖父說，看他說句什麼話。」

「請你不要說到昨夜的事情，你知道的。」

「上帝禁止！」

拉獨凱去對祖父告訴了這個故事；他顯然憂愁的。靜寂一下以後他看着老婦人說，『你知道的，嫂嫂，這正如你所說。但我聽到我們老輩們說，破碎了青年的心，不理他們的願望是不好的。我相信我們的家庭差不多有八十個人。』

『還要更多。』

『謝謝上帝！那末爲什麼阿拏凱將不能改正她自己變做我們之一個呢？』

『上帝歡喜你的話。』

幾天以後，阿拏凱對她的一個朋友說，『我知道什麼事情都順利了！我是這附近九村裏面最美麗的姑娘。』她從她罩衫袋內的一隻小盒子裏拿出一枚鏡子理她的卷髮。

她變做詰那特舒的一員之後，她還是和老樣子一樣的是一個驕養的女孩。她常常自詡，刁張；要她做什麼她從來沒有做過，總是這樣的回答：

『我在我父親家裏沒有做過這樣的事。』

『我爲什麼要揑生粉團給他們吃？一個麵包我和埃珊已儘夠了！』

女人們不敢再說什麼。有時，她們都去告訴她們的丈夫，但有誰敢向拉獨凱和祖父說？

她們忍着痛過了幾時，保守着她的不幸的密祕。她們個個都代她做事，服從她的意思。有時她的態度竟命令的專制的使別人做了奴隸。雖則妯娌們互相非議她，批評她，而她們却常常庇護她在老人與外人之前。祇有上帝知道事情像這樣是如何過去，倘若阿拏凱，到這家將近六個月了，沒有對她們將生命變做牢獄。她不幫她們種菜，也不留在家裏看守小孩。她很遠去買那比其餘婦人所穿的漂亮的衣服。可憐的埃珊試着去勸她，拉獨凱和祖父買來的同樣的布料給家裏的各人，他不能爲她去要求一件綢的短衫。回答是，她不曾和祖父結婚，她可以立刻回到娘家去，倘若她的丈夫是如此一個懦夫。她的父親一定可以許她要什麼買什麼。埃珊進退維谷。只要她用她大的有火的眼停着看他，他就一定知道如何去趨奉她……

阿拏凱的潑悍一天厲害一天，她想出種種的詭計去挪揄家裏的人們。她將一羣狗趕進廚房內，任牠們吃了盆子上面的肉。她開了酒間裏小桶的龍頭，於是酒就流出來。爐子上面的麵包常常燒焦，假如是她管着。例如在工作的日子，她也穿上休息日的華服。性子變得更壞更壞。女人們不能再忍耐了。一囘，是阿拏凱輪到管屋，她却離開家跑到市場去。於是妯娌們祕密非議。

「我不知道，姊妹們，我們犯了什麼錯誤，我們應得如此的受苦。」

「我也不知道。」

「這是一個大處罰，也是一個大不幸。」

「只有上帝能幫忙我們。」

「不，再不能像這樣下去了。」

「讓我們同祖母說，她會告訴祖父的。」

「你去對她說罷，沙雷那。」

「爲什麽要我去說呢？」

「她不是說你偸她的手鐲嗎？」

「她沒有叫你的丈夫是野蠻和尙麽？」

「唉，她非難媽里阿那是一個乞丐的女兒。」

「她叫凡鈴凱的兒子是私生子。」

婦人們絕不敢說些什麽如沒有拉獨凱做幽默的證人關於這些痛苦的事情。一邊，埃珊看見了阿拏凱穿過樹叢，扯破了她的新小衫，他去向祖父訴苦。

埃珊是一個靜默的人。從小就肯聽話。他甚至不能揹一段樹到市場去沒有得到命令叫他這段樹要討價多少，多少他可以賣去牠。

祖父獨自坐在房內，埃珊走進來。他如此老，已不能到外面工作，他們給他坐在家裏剝剝豆殼。

埃珊脫去帽子，握了祖父的手。祖父樣子惱怒。他不動，拔了他的手冷淡地說：

『不錯！』

『祖父，我求你的寬恕……用不到將這件事情再騙過你……我樣樣都受責備。我帶了恥辱到我們的家裏來。』

老人嚴肅地看他。

『沒有用處，祖父，不要發怒。』

祖父舉起他的頭，推開豆的盤子，還是發怒。

『我什麼都知道。你是那一種的人，啊？你想一想，你要破壞我的自由和一家的快樂麼？』

埃珊，他是頭腦簡單的一個人，無言地站着，知道祖父已經知道一切事情了。

『親愛的祖父，我不知道怎樣做。請恕我。』

埃珊又將祖父的手拿去，祖父縮囘。

「跑出去，不要弄髒這塊地方。你是一個人麼？」

埃珊面孔伏在背心裏，說，幾乎哭着：

「隨你無論怎樣處置我和處置她。殺了我，趕了她出去罷。上帝和你在一塊。但不要看我像一隻狗——可憐我吧。」

祖父的髭子動起來。

他用他的全力壓制他的興奮。他向上看，伸出他的腿，驚奇的自信地說：

「我的孩子，你選擇了她。我叫你這樣做的麼？」

「對我不要提起這些話罷。我是惟一的犯罪的人。」

祖父捋一捋他的髭鬚；他嚴肅的看他，莊重地問：

「那我將糾正這錯誤？」

「上帝第一，於是你。」

「是呀！但我不知道怎樣做。」

拉獨凱已注意這孩子氣的狡猾的表情繞着祖父的眼。

「上帝將幫你這樣做，」埃珊說。

「你……爲什麼……不愛她？」

埃珊覺到困惱。他寧願爲恥辱死了。祖父直看入他的眼睛。

「她是不知道好壞的人。」

「我知道，我知道！但是我要問你，你還要她否？」

埃珊沒有說。他想逃開，但祖父的眼死釘住他。

「這都是，」埃珊說，「因爲伴碼斯非常地嬌養她。你當然知道她是她的獨養女兒。」

祖父不耐煩地高聲說：

「你聽，孩子，我問你什麼？我要知道你還愛阿拏凱麼？告訴我！」

埃珊低下頭，藏了他的面孔，笨拙地動了他的肩，羞怯地說：

「我不知道。」

「呀，你應該知道。我將從你的囘答中判斷，不要以後儘管來訴苦。」

「不，我不願。」

從祖父的臉上的表情，誰也容易看見他已有决定，而且他還滿意他的計策的。

* * *

當天晚上，所有的男人都圍繞桌子坐着，因爲這是吃晚飯的時候。女人中只有一個拉獨凱，其餘的女人都在廚房裏吃。有二三個在桌邊伺候着。

這時阿拏凱也輪到伺候。

其餘的兩位婦人捧着碟子或食物一進一出。阿拏凱却斜靠在門邊做臉。

祖父給她一個可怕的注視。個個人都一聲不響。拉獨凱覺到全部的血都衝到頭上來。而阿拏凱却一點不以爲意！

吃完了飯每個人都畫了十字，等着祖父畫了他們就可離開這房子。

但這位老人却將麵包皮，匙，刀，大盤等推在一邊。頭支在手掌上，四圈一看，於是眼釘住在阿拏凱的身上。

她覺得蟻癢地不安，垂下兩臂，伸直她強壯美麗的身體，想要離開這房子。

「等一等，女兒，」老人說，用一種少有的清楚的語調。

全家的人們都驚嚇了。

祖父用同樣的語氣繼續說：

「女兒，我聽說……你在我們的家裏似一個蓄生人一樣。」

祖父又很溫和的說：

「我活着一天就不願寬容一天。我的家將永不是一座牢獄對於我的無論那個孩子。我知道那些婦人們在那邊的」——他直向廚房指點——「是對你不好。她們忘記了我仍在這裏做家長。』

阿拏凱懂得她祖父是有意嘲笑她的。她的心裏起了怨恨與恐怕。

『她們愚弄你。她們要你似奴隸一樣地幫她們做事。你不是從平常的人家出身的。唉，不是！』

他的樣子看去非常和善，甜蜜，婉轉。阿拏凱覺得窘迫了。

『我不允許以後無論什麼再像這樣下去。我是一個老弱的人，我不能再管理家務，我知道……』

他的臉孔有些嚴厲，他的唇顫動。他對全家喊起來：

『你們大家聽，你，拉獨凱，也聽，你，勃拉哥耶，你們攏總的人：我命令你們個個男人和女子，要服從這婦人，』——指着阿拏凱——『我不要她在這家裏再做別的事，那末她的貴手不會再弄髒。上帝責罰無論那個倘若他不服從她，或想出什麼方法來侮辱她。』

他站起來，可憐的老人，用一種威嚴的態度，表現出悲哀與憂愁。於是他們都做了十字，站起來，靜靜地走過阿拏凱身邊，小心的不敢觸着她。

阿拏凱狂亂的，她跑到廚間，勝利地大叫起來：

『你們大家都聽見了麼？』

好像女人們聽的失敗了！

『把我舖一張床在菩提樹下。我要祖父的墊子，拉獨凱的小枕頭，勃拉哥耶的羊毛氈；而且我要你，彼得力耶，她的兄弟是在獄中，拿一根棒，從樹林趕一羣小雞來，而且全夜看守着。上帝要責罰無論那個不服從我命令的人，你們聽見祖父這樣說麼？』

一個人有時是怎樣的滑稽！

沒有人反抗。他們個個有一種奇異的可怕。祖父的話，『上帝要責罰』，仍在各人的耳邊響着。

埃珊躲在打穀場裏面，垂下頭要睡的樣子，但睡不着。睡不像一條毯子，無論什麼時候只要你喜歡就能蓋在你的頭上。

阿拏凱有她的意志。

但她也不能如她所想那麼容易就睡着。她以前從沒有感覺到像如此的孤獨。頭上好像沒有屋頂，她像一個沒有韁的野騎者，或者像一隻大洋上的小帆船，她感覺到她的心正在燃燒，而且沒有人安慰她。但她還是倔強的。

『我命令你不要在那麼睡。你要被上帝責罰麼？』她對彼得力耶說。

月亮在頭頂。一切沉寂。阿拏凱的心戰跳，而且有些東西在她裏面慢慢地死去了。

她不能像這樣再下去了，但怎麼辦呢？她回到她父親家裏去呢？——她能告訴他什麼？——『祖父已命令無論那個要服從我的意思。』不，她再不能照這樣說了。於是這可怕的夜又完了，一息就可天亮，太陽出來，光照萬物。她，可恥的人，她將怎麽辦呢？她能比她現在更凶暴麽？寧靜些——但怎麽樣？降服麽？不！

思想在她的腦裏大跳舞，穿來穿去，混合與雜亂。

她覺到非常疲乏。激怒，愛情，憤恨，肌餓與乾渴統不見了。她的眼簾像鉛一樣重，但牠們仍沒有閉。她覺到如此可憐，孤獨，她要快樂地消滅在這烏有之中。但睡眠不能由祖父命令，也不能威嚇他。

阿拏凱起來。她注視彼得力耶的黑影坐在她傍邊。

她感覺到好像有什麽東西在她的心內碎了。忽然，用大力量　一種基督式的情感繞着她，她叫喊出來：

『彼得力耶，去睡去！』

彼得力耶沒說什麽，拋了棒，預備走開。

『彼得力耶！』

彼得力耶顫抖，站住似一塊石。我的上帝，是什麽一種新的心氣呀！現在要怎麽樣？

『彼得力耶，親愛的姊姊，請恕我！』

她的婦人的心軟弱了；她明瞭而且軟化。

『阿拏凱，我的親愛的魂，願上帝恕你！』

『彼得力耶，我的姊姊……』

她拉去彼得力耶拉的很近，擁抱她；兩人都哭起來。

她們的哭是何等的好聽——像孩子們一樣。

什麽東西都如此平靜——天底下沒有一點聲音？兩位婦人擁抱，哭，互相撫愛。阿拏凱對她吻了又吻。彼得力耶吻她的頸又吻她的額。月亮也奇怪的掀起牠的兩眉。

「彼得力耶，我的親愛的，我將死了！你給我洗浴，姊姊，當我死了。用羊皮蓋在我身上，咬一口蘋果放在我的棺中。你是惟一的愛我的人。」

「不要這樣說，我親愛的小愚人。個個人都愛你的。」

「不是，不是，我知道。沒有一個人愛我了。」

「你怎麽會知道呢？我的親愛的，你從來沒有對我們說過？我寧可自巳此刻死掉比讓他們說什麽來反抗你。」

「那末祖父呢？」

「我們的祖父是一個和善的老人。你悔悟地接近他你自己會感覺到的。」

「好的，我到他前面去……再會，親愛的，永遠，倘若我死了。」

彼得力耶用手掩住她的口。阿拏凱拿去彼得力耶的手放牠在她的頸上：

「倘若我死了不要講我壞話！現在你去吧。」

「我活着一日就不願離開你一日。」

「我求你如求上帝一樣。」

「那末你要到那裏去呢？」

「離開我，我此刻覺得非常奇異。離開我。上帝幫助你。爲你孩子的愛，離開我。」

彼得力耶躲在屋後，她看阿拏凱到什麼地方去。但夜仍管轄着人間，所以彼得力耶不能看見阿拏凱走到祖父的門限上。

祖父，也一夜沒有閉過他的眼睛。

雞第一次叫了，這是一個新的日子同新的生命的最早報告者。一直到現在阿拏凱從沒有聽到過這歌聲是如此美麗的。

祖父坐起，將被丟開，他畫了十字，仍在黑暗中坐在床上，心裏反覆地想。

雞又叫了。

祖父起來同平常一樣走到井邊。

在門限上，由曙色的弱光，他看到一個人的影子。

『你是誰，那邊？』

『是我，祖父，阿拏凱！我要去死。恕我，倘若你能夠的話。』

祖父站住，振撼着。幾乎跌倒。

『我的孩子，這樣說是有罪的。看我的頭髮，已比羊毛更白了。』

阿拏凱捻住他的外套衣緣，從他肩上掛下來的，吻牠。

『我嚴酷地有罪。我擾亂了你和平的家。恕我，爲上帝的緣故！』

沒有什麼事比較使老年人哭起來更容易的了。眼淚滾下他的兩頰。他用兩手拉去她的頭，吻她。

『進來。』

她跟他走進房內。

『坐在那邊。』

她坐在凳上，祖父坐在床沿上。

『剝些豆殼罷。』

她依他話而做。祖父愉悅的看着她。兩人都靜默的，一句話也沒有，雖則他們的心仍在說着。白天又來管領。

『跟我來。』

她同他走到馬欄裏，喂馬，照祖父的話。她不怕牠們，也不怕勃拉哥耶的牝馬，常常要踢的。

『現在，到這裏來。』

他領她到猪欄。她切了九隻南瓜抛給猪吃。

人們在屋內醒來，走出來，胆怯地用眼跟着他們，提心吊胆的使不被看見。

埃珊是非常恐怕，惶惑，他爬上胡桃樹上，身子躲在樹枝裏邊，奇怪的看着這非常有的景象。

祖父看起來似乎返老還童了。他走路簡直是跳。

「到井邊來。」

他們走到井邊。

「吊上些水。」

阿拏凱做了。

「澆一些。」

「把我揩乾。」

阿拏凱瀉出，祖父潑到他的臉同頭上。

阿拏凱小心地揩乾他的頭。這是很容易的將水拭去，但老人的眼是弱的，淚繼續滾下他的兩頰。

祖父注意到幾個站在天井裏的人。

「走近來，你們大家。你們爲什麼不洗？你們沒有看見阿拏凱是等着給你們洗麽？是的，你們大家。可憐的女孩，她將這樣做。假如她要求他人給她同樣做，那一定要怨聲載道了。」

男人們與婦人們都膽怯地走近井邊。都像良好子弟，文明人，他們個個對

阿𠍞凱說：「謝謝你！」

埃珊的臉孔表示快樂。他也走到井邊，張開他的兩脚，向前彎曲，伸出他的兩手。

「澆！」

她依樣做。

埃珊如在七重天上一樣。

「你澆的怎樣好！好好拿開牠，我已經濕了。停止，不要這樣，不要這樣。」

她捲上她的袖子，用她的右手澆。

「那就對了，上帝保佑你。」

彼得为耶在四圈跑，眼淚流到她的兩頰，告訴些什麽，又問些什麽。

祖父，爲快樂所傾倒，囘到他的房內，開了一隻老木箱，取出一條珠鏈來，小心地包在一條手巾裏，藏在懷內，仍囘到井邊。

他們都洗好了。他們個個覺得好似站在聖地之上，耳聽着神聖的樂隊的歌唱：「主祝福地上之水……」倘若偶然隊裏有一個人給一個手勢，大家就要跪下去禱告了。祖父向四面看，態度煥發的，驕傲的。親愛的老人！

「你們都是好人。這裏沒有一個人澆水給阿拏凱。」

他們個個跳起來衝到桶邊。

「現在太遲了。我喜歡我自己來做。來，我的孩子，給你洗一洗！」

這很難說，是祖父的手顫動呢，還是阿拏凱的心震跳。他用他自己的面布給她揩乾，而且將珠鏈掛在她的頸上。

「她樣樣事由她自己做，可憐的孩子。但我要重說一遍我昨夜所說的，你們個個人都要牢記：「願上帝責罰無論那個，倘若他侮辱她。」」

* * *

靑天看到地面快樂的微笑了，人類的事眞是奇怪。人是一種怎樣滑稽的兩腿動物呀！他向天上凝視，失望的伸張兩臂，用神秘的聲音呼喊，祈求，等待，奇怪。有些事人是不懂的燃燒在他的心胸中；他的靈魂像聖香一樣開展，升騰，渴念與萬有同享……上帝呵，這是時常如此的！

蘇聯

萊阿夫·倫支

在沙漠上

這一篇是從日本米川正夫輯譯的『勞農露西亞小說集』裏重譯出來的；原本的卷末附有解說，現在也摘譯在下面——

「在青年的『綏拉比翁的弟兄們』之中，最年少的可愛的作家萊阿夫·倫支，爲病魔所苦者將近一年，但至一九二四年五月，終於在漢堡的病院裏長逝了。享年僅二十二；當剛纔跨出人生的第一步，創作方面也將自此從事於眞切的工作之際，雖有豐饒的天稟，竟不遑很得秋實而去世，在俄國文學，是可以說，殊非微細的損失的。倫支是充滿着光明和歡喜和活潑的力的少年，常常驅除朋友的沈滯和憂鬱和疲勞，當絕望的瞬息中，灌進力量和希望去，而振起新的勇氣來的『槓杆』。別的『綏拉比翁弟兄們』一接他的訃報，便悲泣如失同胞，是不爲無故的。

「性情如此的他，在文學上，也力斥那舊時代俄國文學特色的沈重的憂鬱的靜底的傾向，而於適合現代生活基調的動底的突進態度，加以張揚。因此他埋頭於研究仲馬和司諦芬生，竭力要領悟那傳奇底冒險底的作風的眞髓，而發見和新的時代精神的合致點。此外，則西班牙的騎士故事，法蘭西的樂劇 (Melodrama)，也是他的熱心研究的對象。「動」的主張者倫支，較之小說，倒在戲劇方面覺得更所加意。因爲小說的本來的性質就屬於「靜」，而戲劇是和這相反的……

「『在沙漠上』是倫支的十九歲時之作，是從『舊約』的『出埃及記』中，提出和初革命後的俄國相共通的意義來，將聖書中的話和現代的話，巧施調和，用了有彈力的暗示底的文體，加以表現的，凡這些處所，我相信，都足以窺見他的不平常的才氣。」

我再贅幾句話。這篇的取材，上半雖在『出埃及記』，但後來所用的是『民數記』，見第二十五章，殺掉的女人就是米甸族首領蘇甸的女兒哥斯比。至於將聖經中語和現代語調和之處，則因幾經移譯，當然是看不出來的了。篇末所寫的神，大概便是作者所看見的俄國初革命後的精神，但我們也不要忘却這觀察者是『綏拉比翁的弟兄們』——一個於十月革命並不密切的文學者團體——中的少年，時候是革命後不多久。現今的無產階級作家的作品，只一意讚美工作，屬望將來，和那色黑而多鬚的眞的神不相類的也已不少了。

在沙漠上

魯迅譯

一

夜晚，是在露營的周圍燒起火來，都睡在帳篷裏。一到早晨——飢餓的惡狠狠的人們，便又步步向前走去了。人數非常之多。等於曠野之沙的雅各的苗裔——無限的以色列的人民，怎麼算得完呢。而且各人還帶着自己的家畜，孩子和女人。天熱得可怕。白天比夜間更可怕。這怎講呢，就因爲在白天，明晃晃地洋溢着金色的滑澤的光，那不斷的光輝，似乎反而覺得比夜暗還要暗。

可怕，而且無聊。此外一無可做——就單是走路。不勝其火燒一般的倦怠和飢餓和空虛的憂愁，爲要尋些事給粗指頭的毛毿毿的手來做，於是互相偷家具，偷皮革，偷女人，又互將那偷兒殺却。而又從此發生了報復，殺却那曾殺偷兒的人。沒有水，却流了許多血。在所向的遠方，是橫着流乳和蜜的國土。

絕無可逃的地方。凡落後的，只好死掉。而以色列人，是向前向前的爬上去了。後面爬着沙漠的獸。前面爬着時光。

魂靈已經沒有。被太陽曬殺了。凡留下的，只是張着黑傘強健的身體，喫喝的鬚髯如蝟的臉，單知道走路的脚，和殺生，割肉，在牀上擁抱女人的手罷了。在以色列人之上，站着大悲而耐苦，公平而好心的眞的神——這是正如以色列族一樣，黑色而多鬚的神，是復讎者，也是殺戮者。在這神和以色列人之間，則夾着蔚藍的，無鬚的，滑澤，然而可怕的太空和爲聖靈所憑的摩西——他們的指導者。

二

第六天的傍晚，總要吹起角笛來。於是以色列人便走向集會的幕屋（猶太的神殿）去，羣集於麻線和雜色毛繩織出的，大的天幕的面前。祭壇旁邊，站着黑色多鬚的祭司長亞倫，穿了高貴的披肩——叫着，哭着。在那周圍，是子和孫，黑臉多鬚的親屬利未族，穿了紫和紅的衣——叫着，哭着。穿着山羊皮裘的黑色多鬚的以色列人——餓且怕，但叫着，哭着。

此後是裁判了。高的壇上，走上聖靈所憑的摩西來。和神交談，而不能用以色列話來講的。在高壇上，他的身體團團回旋，從嘴裏是噴出白沫。而和這白沫一起，還發出什麼莫名其妙，然而可怕的聲音。以色列人怕得發抖，哭喊了。於是跪而求赦了。有罪者也懺悔，無罪者也懺悔。因爲害怕了。已懺悔者，被擊以石。於是又向乳蜜噴流的處所，步步前進了。

三

角笛發聲的時候——

——金，銀，銅，青紫紅等的毛繩，麻絲，山羊毛，染紅的公羊皮，獾皮，合歡樹，用於膏油和馥郁的香之類的香料，寶石——

——將這些東西，以色列人攜帶在手裏，跑向吹角的會幕去。於是亞倫，和他的子，孫，和親屬的利未族等，便收去這樣的貢獻。

沒有金，紫的織品，寶石這些的，便帶了盃，盤，碗，灌奠式所用的水瓶，最好的香油，最好的葡萄和麵包——加了酵素的麵包和不加的麵包——和塗了香油的餅餌，羊，小牛，小羊這些去。

連香油，葡萄，家畜，器具都沒有的——就應該被殺。

四

已經沒有了走路之力的時候，沙烙脚底而太陽灸着脊梁的時候，不得不喫驢馬的肉而喝驢馬的尿的時候——那時候，以色列人走到摩西那里，哭着威逼了。

「究竟是誰給我們喫肉，喝水的？我們還記得在埃及喫過的魚。也記得王瓜，甜瓜，葱，薤，大蒜。你要帶我們到那里去呢？流着乳和蜜的國土，究竟在那里呢？說是引導我們的你的神，究竟在那里呢？我們已經不願意害怕這樣的神了。我們要回埃及去了。」

以色列人的指導者，聖靈附體的摩西，在壇上打旋子。從那嘴裏，噴出白沫來，漏了莫名其妙，然而可怕的言語。哥哥亞倫穿着紫和紅的衣，站在旁邊，威嚇似的大叫。『將吐不平的去殺掉呀！』於是吐不平的，被殺掉了。

然而，假使以色列人還是不平，叫道，『竟是將我們帶出了埃及的地方還不夠，且要在這樣的曠野中央殺掉麼？豈不是沒有帶到流乳和蜜的國土裏麼？豈不是沒有分給葡萄園和田地麼？我們不去了，不了，不去了！』呢——那時候，亞倫就向自己的親屬利未族，說，『拔出劍來，通過人民中走罷！』於是利未族的人們拔出劍來，通過人民中，走了。而凡有站在當路的，都被殺掉。以色列人哭喊了。這爲什麼呢，就因爲摩西和神交談，而利未族是有劍的。

從此又離開露營，向着流乳和蜜的地方前進。這樣，年歲正如以色列人，慢慢地爬，以色列人正如年歲，慢慢地爬去了。

五

塗中倘或遇見別的種族和人民，便殺了那種族和人民。完全是野獸似的，貪婪地撕碎了。撕碎了又前進。從後面爬來着沙漠的獸，恰如以色列人一樣，貪婪地撕喫了被殺的人民的殘餘。

以東族，摩押族，巴珊族，亞摩利族等，都被蹂躪於沙礫裏了。讚桌被毀，祭壇被拆，聖木被砍倒。更沒有一個生存的人。財寶，家畜，女人，都被掠奪了。女人夜裏被玩弄，一到早晨，就被殺掉。有孕的是剖開肚子，拉出胎兒來。

女人留到早晨，一到早晨，就被殺掉了。無論是家財，是家畜，是女人，凡最好的都歸利未族。

六

年幾正如以色列人，慢慢地爬。飢餓和枯渴和恐怖和憤怒正如年歲和以色列人，慢慢地爬去了。角笛雖響，已沒有送往會幕的東西。以色列人殺了自己的家畜，送到亞倫和他的親戚利未族那里去。空手而來的呢——被殺掉了。以色列人漸漸常往摩西的處所，叫喊，鳴不平。但利未族的人們更是常常拔了劍，在人民之間通過了。這樣子，而孩子們，年歲，恐怖，飢餓，都生長起來了。

七

曾經有了這樣的事。以色列人遇着米甸人，起了大激戰。亞倫子以利亞撒之子非尼哈，帶着以色列軍隊前去了。聖器和鐘鼓在他的手裏。以色列軍終於戰勝了。勝而隨意狂暴了。到後來，是分取家畜和女人。最好的畜羣和最美的女人，歸於祭司長之孫非尼哈。

然而是第二天早上的事了。非尼哈任意玩弄了女人，於是要殺掉她，捏了劍。但女人赤條條的躺着。非尼哈到底不能殺掉她。他走出帳篷，叫了奴隸，遞給劍去，這樣說，『進帳篷去，殺掉那女人！』奴隸說着『唯唯，我去殺掉女人罷。』走進帳篷去了。過了好一會。非尼哈又向別一奴隸說，『進帳篷去，殺了那女人和同女人睡着的奴才來。』還將一樣的話，說給了第三，第四，第五的奴隸。他們都說着『唯唯』，走進帳篷裏去了。過了好一會，走出帳篷來的却是一個也沒有。非尼哈走進帳篷去一看，奴隸們是殺掉了倒在地面上，最後進去的和女人在睡覺。非尼哈取了劍，殺掉奴隸，也要殺掉那女人。然而女人是赤條條的躺着。非尼哈不能殺，走出外面了。而且躺在會幕的門口了。

八

於是以色列人中，開始了可怕的帶瘋的發作和淫蕩。這非他，女人一躺在牀上，以色列的兒郎們便在帳篷的門口交戰，勝者就和她去睡覺的。而這一出帳篷外，便又被別個殺死了。

日子這樣過去了。日之後來了暗，暗之後來了日，日之後又來了暗。麵包沒有了，然而誰也沒有鳴不平；水沒有了，然而誰也不叫渴。

第六天的傍晚，角笛沒有吹起來。以色列人不到會幕那面去，却聚在以利亞撒之子非尼哈的帳篷旁邊了。然而非尼哈，是躺在帳篷的門口。

第七天的安息日也過去了。但以色列人既不向神殿去，也不送貢品來。利未族的人們前來殺女人，但他們也互相殺起來，勝者和女人一同睡覺了。

聖靈所憑的摩西，在壇上打旋子，噴白沫，吐咒罵了，然而誰也不聽他。

以利亞撒之子非尼哈是躺在帳篷的門口，然而誰也不看他。

以色列的一行，已經不想進向流乳和蜜的國土去，在一處牢牢停下了。從他們後面爬來的沙漠的獸也站住了。時光也停住了。

九

這是第十天。女人終於出了帳篷，就赤條條地在營寨之間走起來。以色列人跟着在沙上爬來爬去，吻接她的足迹。於是女人說了。『你們毀掉那樣的贄桌，給非基辣的主造起祭壇來罷。因爲這是眞的神呀。』以色列人便毀了自己的神的贄桌，給非基辣的主，造起祭壇來。女人走向會幕那面去了，但幕屋的門口，是躺着以利亞撒之子非尼哈。女人也不能決意走進帳篷去，但是這樣地說，『爲什麽像曠野的狗一樣，躺在這樣的地方的？回到自己的帳篷，和我一同睡覺去罷。』又這樣地說，『大家都來打這漢子呀。』於是西緬族的首領撒路之子心利，前來以脚踢非尼哈。女人走進帳篷去了。撒路之子心利也跟進去了。

是這晚上的事。以利亞撒之子非尼哈站了起來，走向自己的帳篷，要和女人去睡覺。以色列人看見非尼哈到來，都在前面讓開了路。非尼哈走進帳篷去了——在手裏有一桿槍。一看，女人是赤條條地躺在牀上，上面是撒路之子心利，也是赤條條。以利亞撒之子非尼哈就在那屁股的上邊，用槍刺下去了。槍從那肚子刺透女人的肚子，豎在牀上。那時候，非尼哈將帳篷拆開。一看見女人和撒路之子心利赤條條地刺透在牀上，以色列人便大聲哭叫起來。祭司長亞倫子以利亞撒之子非尼哈，便離開這里，躺在會幕的門口了。

十

是第二天早晨的事。已經沒有肉，沒有麵包，也沒有水了。而飢餓和恐怖和憤怒，是蘇醒了。以色列人走到聖靈所憑的摩西那里，這樣說。

「究竟是誰給我們喫肉，喝水的？我們還記得在埃及喫過的魚。也記得王瓜，甜瓜，葱，薤，大蒜。爲什麼你要帶我們到這樣的曠野裏，殺掉我們和牲畜的呢？豈不是沒有帶到流乳和蜜的國土裏麼？我們不去了。不去，不去了。』

於是和神交談的摩西，在壇上打旋子，作爲回答。從那嘴裏，噴出白沫來，發了莫名其妙的咒罵的話。祭司長亞倫就站起，對利未族的人們這樣說，『拔出劍來，通過了營寨走罷。』於是利未族的人們拔出劍來，通過營寨走去了。而站在前路的，是統被砍死了。

是這晚上的事。以色列人終於離開營盤，向着流乳和蜜的國土，爬上去了。在前面，慢慢地爬着時光，從後面，慢慢地爬着沙漠的獸和黑暗。以利亞撒之子非尼哈走在最後面。而且一面走，一面屢屢的回頭。在後面，是女人和西緬族的首領撒路之子心利，赤條條地被刺通在牀上。

以色列人和時光和流乳蜜的國土上面，是站着——恰如以色列族一樣，色慾而多鬚的神，是復讎者，也是殺戮者，大悲而耐苦，公平而好心的，眞的神。

蘇聯

雅各武萊夫

農夫

雅各武萊夫(Alxandr Iakovlev)是在蘇維埃文壇上，被補爲「同路人」的羣中的一人。他之所以是「同路人」，則譯在這里的農夫，說得比什麼都明白。

從畢業於彼得堡大學這一端說，他是智識分子，但他的本質，却純是農民底，宗教底。他是稟有天分的誠實的作家。他的藝術的基調，是博愛和良心。他的作品中的農民，和畢力涅克作品中的農民的區別之處，是在那宗教底精神，直到了教會崇拜。他認農民爲人類正義和良心的保持者，而且以爲惟有農民，是眞將全世界聯結於友愛的精神的。將這見解，加以具體化者，是「農夫」。這里敍述着「人類的良心」的勝利。但要附加一句，就是他還有中篇「十月」，是顯示着較前進的觀念形態的。

日本的「世界社會主義文學叢書」第四篇，便是這「十月」，曾經翻了一觀，所寫的游移和後悔，沒有一個徹底的革命者在內，用中國現在時行的批評式眼睛來看，還是不對的。至於這一篇農夫，那自然更甚，不但沒有革命氣，而且還帶着十足的宗教氣，託爾斯泰氣，連用我那種落伍眼看去也很以蘇維埃政權之下，竟還會容留這樣的作者爲奇。但我們由這短短的一篇，也可以領悟蘇聯所以要排斥人道主義之故，因爲如此厚道，是無論在革命，在反革命，總要失敗無疑，別人並不如此厚道，肯當你熟睡時，就不奉贈一鎗刺。所以「非人道主義」的高唱起來，正是必然之勢。但這非人道主義，是也如大砲一樣，大家都會用的，今年上半年「革命文學」的創造社和「遵命文學」的新月社，都向「淺薄的人道主義」進攻，卽明明白白證明着這事的眞實。再想一想，是頗有趣味的。

A. Lunacharsky 說過大略如此的話：你們要做革命文學，須先在革命的血管裏流兩年；但也有例外，如綏拉比翁的兄弟們，就雖然流過了，却仍然顯着白癡的微笑。這綏拉比翁的兄弟們，是十月革命後墨斯科的文學者團體的名目，作者正是其中的主要的一人。試看他所寫的華理契珂夫，善良，簡單，堅執，厚重，蠢笨，然而誠實像一匹象，或一個熊，令人生氣，而無可奈何。確也無怪 Lunacharsky 要看得頂上冒火。但我想，要「克服」這一類，也只要克服者一樣誠實，也如象，也如熊，這就夠了。倘只滿口「戰略」「戰略」，弄些狐狸似的小狡獪，那却不行，因爲文藝究竟不同政治，小政客手腕是無用的。

農夫

魯迅譯

辛苦的行軍生活開頭了。在早晨，是什麼地方用早膳，什麼地方過夜，一點也不知道的。市街，人民，虛空，聯隊，中隊，叢莽，大小行李，橋梁，塵埃，寺院，射擊，大礮（依兵卒的說法，是太礮，）篝火，叫喚，血，劇烈的汗氣——這些一切，都雲一般變幻，壓着人的頭。也疑心是在做夢。

有時也挨餓。以爲要挨餓罷，有時也喫得要滿出來。從小河裏直接喝水。這四近的水——小河——非常之好，簡直是眼淚似的發閃。身子一乏，任憑喝多少，也不覺得夠。

互相開礮的事情是少有的。單是繼續着行軍。

一到晚上，兵卒因爲疲勞了，就有些不高興——大家都去尋對手，發發自己的牢騷。

「奧太利的小子們，遇見了試試罷，咬他……」

但這也大抵因爲行軍的疲勞而起的。

休息到早晨，便又有了元氣了。玩笑和哄笑又開頭——青銅色的臉上，只有牙齒像火一般閃爍。

「畢理契珂夫，喂，你，晚上做什麽夢了？」

就在周圍的人們，便全部——半中隊全部——全都微笑着，去看畢理契珂夫。但那本人，却站在篝火旁邊，正做着事。從穿了沒有帶的綠色小衫，解着衣鈕看起來，好像是一個壯健的漢子。拿了人臂膊般粗細的樹枝來，喝一聲『一，二呀，三！』抵着膝蓋一折，便擲入火裏去。這人最以爲快活的，就是燒篝火。

『昨夜呵，兄弟，我呀，是夢到希哈努易去了。就是帶着兒子，在自己的屋子裏走來走去……那小畜生偸眼看着我呀。那眼睛是藍得嚇人，險些要脫出來的

——這究竟是什麽兆頭呢？」

畢理契珂夫暫時住了口，蹙着臉吹火去了——火花聚着飛起，柱子似的。

「那是，一定又要得勳章了。」有人愚弄似的說。

「唔，那樣的夢，有時也做的。但是，得到勳章的時候，我覺得好像是討老婆……」

「阿唷，阿唷……要撇了現在的老婆，另討新的了麽？」

「不是呀。我自己也着了慌的。我說，我已經有老婆的。可是大家都說，不，你再討一個罷。一個老婆固然也好，但有兩個，是好到無比。這時我說了。我們是不能這麽辦的。我有一個老婆就盡夠。因爲是俄羅斯人，不是韃靼人呀……這麽說着，硬不聽……他們也說着先前那些話，硬不聽。可是到底給逼住了。早上，醒過來，我呀，自己也好笑，心裏想這究竟是怎麽一回事呢？但不久，中隊的命令書來到了，是給畢理契珂夫勳記的。不過這些事由牠去罷……無論什麽、好不有趣呵。」

兵卒們嘲笑他。但已經沒有疲勞，也沒有牢騷了。

於是集合喇叭響了起來。

——準備！

於是又是行軍。新的地土，再是道路，市街，大礮，塵埃，叫喚，射擊——疲勞。

然而——畢理契珂夫是不怕的。他這人就是頑健。總是很懇切，愛幫忙，一面走，一面納罕地看着四處的叢林，園圃，房屋，而且總將自己的高興的言語，拉得曼曼長。

「有趣，呀——」

並不是說給誰的，就是發了聲，長長地這麼說。

但是，忽而，又講起想到的事來，別人聽着沒有，是一向不管的。

「喂，兄弟，怪不怪？瞧呀，——寺院也同俄國一樣；便是臉相，不也和我們一樣麽？只有講話，却像滿嘴含着粥或是什麽似的，不大能夠懂。不過，那寺院呵——。這幾天，我獨自去看過了，都像我們那里一樣，畫着十字；聖像也一樣的，便是描在圓房頂上的薩拉孚神，也是白頭髮，大鬍子哩。

「「開爾尼謨天使」也和我們那里一樣的。這樣子了，大家却打仗……眞奇怪呵！」

於是沉默了。用了灰色的，好事的眼，環顧着四近。忽然又像被撒上了鹽一樣，慢慢深思起來。

「有趣，呀……」

有一回，枝隊因爲追趕那退却的敵人，整天的行軍。

敵人，依兵卒的用語來說，是『小子們』，似乎還在四近。他們燒過的篝火，還沒有燒完。道路的灰塵上，還分明看見帶釘的鞋子的印迹。有時還彷彿覺得有奧太利兵所留下的東西的焦氣味和汗氣，從空中飄來。

「瞧呀，瞧呀，是小子們呀。」

到晚上，知道了「小子們」的駐處了。大約天一亮，就要開仗。

中隊和聯隊，便如堰中之水似的集合起來：開始作成戰線，好像牆壁。

畢理契珂夫的中隊，分佈在一叢樹林的近旁，這林，是用夾着白的石柱子的木柵圍繞起來的。一面，有一所有着高棟的頗乾淨的小屋子——在這里，是中隊長自己占了位置。疲勞了的兵卒們，因爲可以休息了，高興得活潑地來做事，到樹林裏拖了乾草和小樹枝來，發火是將木柵拗倒，生了火。但在並不很遠，似乎是樹林的那一面的處所，聽得有鎗聲。然而在慣透了的他們，却還比不上山林看守人的聽到蚊子叫。那樣的事，是誰也不放在心裏的。

畢理契珂夫正在用鍋子熱粥。

在漸漸昏暗下去的靜穆的空氣中，瀰漫着煙氣。從兵卒們前去採薪的樹林裏，清清楚楚地傳來折斷小枝的聲音。

遠處的樹林上，帶綠的落日餘紅的天際的顏色，已經燒盡，天空昏黯——色如青玉一般。在那上面，星星已經怯怯地閃起來了。兵卒們喫完晚餐，便從小屋裏，走出那聯隊裏綽號「鯉魚」的濃鬍子的曹長來。

「喂，有誰肯放哨去麼？」大家都愕然了。

——此刻不是休息時候麼？況且在這樣的行軍之後，還要去放哨?!不行呀。脚要斷哩。」

誰也不動，裝着苦臉。笑影一時消失了。但總得有一個人去，是大家都很明白的。

因爲很明白，所以難當的寒噤打得皮膚發冷。

曹長從這篝火走到那篝火邊，就將這句話，三翻四覆地問。

「有誰肯放哨去麼？」

『有了，叫畢理契珂夫去！』有誰低笑着，說。

『畢理契珂夫？』曹長回問。『但是，畢理契珂夫在那里呢？』

『叫畢理契珂夫，叫畢理契珂夫去！』兵卒們都嚷了起來。因爲尋到推上責任去的人了，個個高興着。

已經如此，是無論願否，總得去的。

『畢理契珂夫，在那里呀？』

『在這里呀。』

『你，去麼？』

『去呀……』

『好，那麼，趕快準備罷。』

不多久，一切都準備了。畢理契珂夫出了樹林；在平野中，從警戒線又前進了半俄里，於是漸漸沒在遠的昏黃中了。

右手，有一座現在已爲昏暗所罩，看不見了的略高的丘。中隊長就命令他前去調查，看敵軍是否佔據着這處所的。

畢理契珂夫慢慢地前進了大約三百步，便伏在柵旁的草中。柵邊有爛東西似的氣味。有舊篝火的留遺的氣息。心臟突突地跳了起來——非鎮靜不可了。已經全然是夜——一切都包在漆黑的柔軟的毯子裏了。

樹林早已在後面。在樹林中，有被篝火和羣集所驚的，既不是猫頭鷹，也不是角鷹，連名字也不知道的夜鳥，不安地叫着。

左手的什麼地方，在遠處有鎗聲。那邊的天，是微見得帽子般的樣子上，帶一點紅色——起火罷。畢理契珂夫放開了鼻孔。有泥土和草的氣息——慣熟的氣息。和在故鄉希哈努易，出去守夜的時候，是一樣的。

在前面，遠的丘岡的那邊，浮着落日的臨終的餘光，四近是靜靜的，單是漆黑。『小子們』就在這些地方。也許還遠。或者一不湊巧，也會就在旁邊，和自己並排，像畢理契珂夫一樣的伏着，也說不定的。專等候和自己相遇，要來殺，裝着恨恨的臉，躲在那里，也說不定的。

『記着罷，如果遇見敵人，萬萬不要失手呵！』中隊長命令說。『一失手，不但你死，我們也要喫大虧的。』

尼啓伞爾・畢理契珂夫自己也知道，失手，是不行的，不是殺敵，便是被殺於敵的。

旁邊的什麽地方，有貓頭鷹在叫，黑暗似乎更濃重了。心臟跳得沉墊墊地，砰，砰，砰，砰。

畢理契珂夫幾乎屏了呼吸，再往前走。木柵完了，此後是寬廣的路。路的那邊，堆着穀類，如牆壁一般。畢理契珂夫用指頭揉一揉穗子看。

『是小麥呵。』

但是，這時候，跨進一步去，田圃就像活的東西一樣，氣惱地嚷起來了

——『不要踏我！』忽然覺得害怕。也覺得對不起。因爲比踐踏穀類的根更不好的事，是再沒有了的。

『跟着界牌走罷，』畢理契珂夫就決計在左邊走。中隊長曾囑咐他數步數。畢理契珂夫數是數的。但數到七十，就一混，是出了八十步呢，還是九十步呢，一點也不淸楚了。一面數步數，一面偵敵人，分心到這邊來，自然也是萬萬辦不到的花樣，只好彎着身子，聳起耳朶向前走。並且尋出界牌來。道路忽然成了急坂，走進窪地了，界牌就在那窪地的盡頭。潮濕的空氣，從下面噴起，這里的草，潤着露水，是溼的。

因爲溼氣，還是別的原因呢，畢現契珂夫驟然顫抖起來了。脊梁上森森的發冷，牙齒打得格格地響。心臟是彷彿上面放了冰塊似的，停住了。畢理契珂夫在心裏，覺到了自己現在完全是一個人。在全世界，只一個人。在這星夜之下，在這昏暗之前，完全只是一個人。卽使此刻被殺了，誰也不知道……

恐怖使他毛髮直豎了。

黑暗忽而變了沉悶的東西，似乎準備着向他撲來，將他撕碎的敵人，就滿滿地充塞在這些處所。

畢理契珂夫驟然之間，就挫了銳氣。

他彷彿被從下面推翻，輭輭的坐在地面上。周圍很寂靜，黑暗毫不想動彈。樹林裏面，還有禽鳥在叫。遠處的天空中，已不見火災的微紅了。略一鎮靜，畢理契珂夫便豎起一膝，脫下帽子，側着耳朵聽。從不知道那里的遠處，聽到有鈍重的轟聲。

畢理契珂夫將耳朵緊貼在地面上。

這是向來的農夫的習慣。

夜裏一個人走路的時候，用耳朵貼着地面聽起來。說是凡有路上是否有人，是遠是近，並且連那數目，也可以知道的。

現在呢，地面是平穩地，鈍重地在作響。

他這樣地聽了許多時。於是彷彿覺得遠遠的什麼處所，散佈着呻吟聲，故意按捺下去似的呼吸的聲音。

嗚，嗚，嗚……

畢理契珂夫發抖了，拚命緊靠着地面。

兵卒們說過，地面是每夜要哭的。

他從一直先前起，就想聽一聽地面的哭聲，但還沒有這機會。然而現在，如果靜靜地屏住呼吸，便分明聽到那裏奇怪的呻吟。這究竟是什麼一回事呢？也許遠處正在放大礮罷……但他不能決定一定是這樣。他相信地面眞在啼哭了。況且地面也怎能不哭呢？每打一回仗，基督的僕人不是總要死幾千麼？地面——是一切人類的生身母親……自然覺得大家可憐相……

嗚，嗚，嗚…………

「唅，哭着呀。」

畢理契珂夫直起上身來。

「母親在哭哩。地面在哭哩。」

他感動了，親熱地向暗中看進去。有母親在，有大地在，自己並非只是一個人。這又怕什麼呢？有愛憐自己者在，有自己的生身母親在，有大地在。

他卽刻勇壯起來，覺得周圍的一切，都如希哈努易一樣的親熱的東西，無論是地面，是草氣息，是天空的星星。

心臟跳得很利害，使畢理契珂夫想要用手來按住牠。觸着灰色的外套，觸着鈕子，觸着那得到以後，從未離身的小小的若耳治勳章。

但是。輾轉之間，這也平靜了。於是在黑昏中，浮出中隊長的臉來。

「要檢查那丘岡上可有敵人的呵。」

黑暗便又成了包藏敵意的東西。尼啓孚爾又覺得自己是一個人，沒有一些幫助。他忍住呼吸，縮了身子，並且將中隊長的命令放在心上，再往前面走。恐怖又一點一點來動他的心。他兩手揑着鎗，沿着界牌，走下窪地去，是想從這里，暗暗走近丘邊去的。他現在分明知道，友在那里，敵在那里了。周圍的幽靜，也可怕起來了。靜到連心跳也可以聽到。靴子作響，野草氣惱地嚶。爲了疲勞和緊張，眼睛裏時時有黃金色的火星飛起。

忽而聽到異樣的聲音。好像在那里的遠地裏，轉動着機器一般的聲音。那聲音，每隔了一定的時光，規則整然的一作一輟。是什麼曾經聽得慣熟了的那樣的聲音。在尼啓乎爾，是極其親熱的聲響，只是猜不出是什麼，他便一面側着耳朵。一面向前走。聲音逐漸淸楚起來了。似乎就從這丘的斜坡上的草裏面發出來的。

「是什麼呢？」畢理契珂夫十分留心地側着耳朵想。

平常是一定知道的聲音——但是，竟不知道究竟是什麼！

於是他忽而出驚，就在那里蹲下了。

「阿阿，有誰在打鼾呵！」

全身騷擾起來。

「逃罷！」

然而，好容易又站住了。好像周身澆了冷水。他緊張着全身，側着耳朶，是的，的確是有誰在打鼾。健康的鼾聲，眞正老牌的農夫的鼾聲。畢理契珂夫野獸似的將全身緊張起來，爬近打鼾的處所去。進一步，又停一回，上兩步，又住一次，一面爬，一面抖。他準備着無論什麼時候都能夠開鎗，以及用刺刀打擊。兩隻手像鐵鉗一樣。緊緊地揑着鎗。

黑暗中微微有一些白，就從這里，發出粗大的，喇叭似的鼾聲來。是睡得熟透的人的，舒服的，引得連這邊也想睡覺的鼾聲。

畢理契珂夫又放了心。他一直接近那睡着的人的旁邊去。

是這小子。是這小子。這小子就是了。撒開了兩條臂膊，仰着，歪了頭。但是，究竟是什麼人呢？也許是俄國兵呀。畢理契珂夫的鼻子，嗅到了不慣的氣味。

「是奧太利呵。我們，是沒有那樣的氣味的。」

他蹲在那里，開始向各處摸索。

旁邊拋着鎗枝和革製的背囊。

鎗上是上着鎗刺——開了刃的傢伙——的。在夜眼裏，也閃得可以看見。

畢理契珂夫拖過鎗枝來。這麼一來，就是敵人已經解除武裝了。

「哼，好睡呀。有趣呵……」畢理契珂夫想着，凝視那睡着的人。是一個壯健的奧太利兵。生着大鼻子。嘴大開着，喉嚨裏是簡直好像在跑馬車。這打鼾中，就蘊蓄着一種使畢理契珂夫憐愛到微笑起來，發生了非常的同情的聲響。

「乏了呀。也還是，一樣的事情。」

他決不定怎麼辦纔好，便暫時坐在睡着的人的身旁，忍住呼吸，聳着耳朶聽。除遠遠的鎗聲之外，沒有一點聲音。

他於是慢慢地背了背囊，右手拿了奧太利兵的鎗，左手捏着自己的鎗，很小心的，退回舊來的路上，走掉了。自己十分滿足，狡猾地微笑着——但敵人還是在打鼾。

當站在中隊長的面前時，尼啓孚爾幾乎已經不知道自己有脚沒有了。嚇！也許又要得一個勳章哩。因爲奪了奧太利的步哨的軍器來，實在也並不很容易呀……

但是，在中隊長的面前笑，是不行的，於是緊緊地閉了嘴，一直線幾乎要到耳朶邊。臉上呢，却像齋戒日的煎餅一般發亮。

「查過了麼？」

「唔，查了，隊長，查過了。隊長說的那丘上呵……」

「唔？」

「那丘上呵，是有奧太利的小子們的。」

他的臉，是狡猾地在發亮。他挨次講述，怎樣地自己偷偷的走過去，貓頭鷹怎樣地叫，在什麼地方遇見了敵人。

「將鎗和背囊收來了。」

中隊長取起鎗枝來，周身看了一遍。收拾得很好，還裝着子彈。

「唵，辦得好。背囊裏面，查了沒有？」

「不。還沒有看呀。」

打開背囊來看。裝着小衫褲，食料，還有小小的書。

「唔──」中隊長拉長了聲音說。

「但是，將那奧大利兵，竟不能活捉了來麽？」

「那是，到底。近旁就有聽音呀。雖然悉悉索索，可是聽得出的。要是打醒了拖他來呢，雜種，就要叫喊……」

「那倒也是。好，辦得不錯。」

「辦妥了公事，多麼高興呵，隊長。」

「但是，那小子怎麼了？」

「唔？」

「又「唔」什麼呢？」軍官皺了眉。「我問的是，將那小子，那敵人，怎樣處置了。」

「將鎗和背囊收來了。」

「那我知道。我說，是將那敵人怎樣辦了？」

「那小子是還在那地方呵。」

「還在那地方，是知道的。問的是，你怎樣地結果了那小子。」

畢理契珂夫圓睜了喫驚的眼睛，凝視着軍官的臉。他是微麻的頑健的漢子。而浮在臉上的幸福的光輝，是忽然淡下去了。微微地張着嘴。

「你，將他結果了的罷。」

「不。」

「什麼？竟沒有下手麼?!」

「因爲他睡着呀，隊長。」

「睡着，就怎樣呢，蠢才！」

軍官從椅子站起，大聲叱喝了。「你應該殺掉他的。看得不能捉，就應該即刻殺掉的。那小子究竟是你的什麼？是親兄弟？還是你的老子麼？」

「不，那並不是。」

「那麼，是什麼呢？敵人不是?」

「是呀。」

「那麼，爲什麼不將那小子結果的？」

「所以我說過了的……那小子是睡着的，隊長。」

軍官顯出恨恨的暗的眼色，凝視着尼啓孚爾的臉。

「這樣的木頭人，沒有見過……。唔？我將你交給軍法會議去。」

軍官從桌子上取了紙張，暫時拿在手裏，但又將這拋掉了。他滿臉通紅。「隊長還沒有懂——倘不解釋解釋……」畢理契珂夫想。

「隊長，奧太利的小子，是睡着的。打着鼾。一定是乏了的。如果沒有睡着，那一定不是活捉，是殺掉。但是，那小子睡着，還打鼾哩。好大的鼾。只要想想自己，就明白。我們乏極了，不知道有脚沒有的時候，一伙的小子們在營盤裏，也是這麼說的。尼啓希加，不要打鼾哪。」

軍官牢牢地注視着畢理契珂夫的臉。看眼睛，便知其人的。操典上也這樣地寫着。

灰色眼珠的壯士，什麼事也能做成似的臉相，在胸膛上，是閃着若耳治勳章。

忽然之間，軍官的唇上浮出微笑來。並不想笑，但自然而然地笑起來了。

「唉唉，你是怎樣的一個獸子呢！蠢才！你也算是兵麼？你是鄉下人罷了。好了，去罷！」

畢理契珂夫就向右轉，滿心不平的走到外面去。一出小屋，便是一向的老脾氣，不一定向誰，只是大聲的說。

「因爲那小子是睡着呀。大半就爲此呀。是睡着，還在打鼾的……」

蘇聯

普理希文

空戀

普理希文 (Mikhail Mikhailovich Prishvin) 生於一八七三年。他住在莫斯科，被尊視為俄國文人已有二十五年之久了。據 Mirsky 說，他的作品受較年青的作家的影響很顯著。以一個人類學家他開始文學生活。他的頭兩部小說，鳥不受驚的地方(一九〇七年)和魔術的跳舞之後，是他的北俄遊記，含有奧尼戈湖和白海間的特殊的農民文化之研究的有價值的材料，和北極洋的水手們之生活和狀態。這些研究使他注意到未受過教育的俄國人之質樸和未『拉丁化』的俄國語之有力量。在戰前，他寫了幾篇短篇小說，使他在想像的作家中佔有相當的位。這些小說寫的是地方生活，沒有社會成見，瀰漫着他的故鄉斯摩勒斯克省的強烈的森林土壤的香氣。它們大半是描寫獵和動物的生活，與自然合一的生活的。其中的一篇克魯孚亞斯克的野獸(一九一三年)是其傑作。他的『特別的汎神論和獸類之愛』在他關於狗的小說裏可以看出。凱修切侬的鏈是自傳式的小說於一九一八年出版。他的全集有高爾基作序的，近在莫斯科由國家出版部發行。他的作品據 "Dial" 的編輯者說還不曾在國外有過翻譯。這篇空瓶就從這個雜誌一九二八年九月號轉譯的。英譯者為 Marie Budberg。

空戀

眞吾譯

我的朋友，在你愛上一個女人時，祈禱是無效的——你不能早晨，日中，晚上低聲自語而慢慢地得償你的宿願；努力，才能不能給你所愛的，假若自然——離我們而獨立者——決意不如是的話。戀愛上一切的祈禱是不中用的，雖熱烈得使血珠在額上顯露或如開掘藏在巖山裏的珍寶一般的熱烈。那些祈禱也不能使你心上人的一絲頭髮抖動一下，就是在她的睡夢中也不會達到她的地方的；戀愛事件上無所謂熱烈祈禱的；一切都是徒然——假若，如人們所說，運命反對你。

我記得格力修，在他來到我們的洋台吹蘆笛同角的時候。

那時我這樣幼小，不但我不知道關於戀愛的事件，就是時針的移動我也覺得神秘的。我不敢確說我是兩歲，自然不出三歲，我們住在一座有鐵欄杆洋台的磚屋裏。在那條幽僻的街上，家家戶戶有做飾帶的女人在工作，從開着的窗口擲樹捲絲軸的特別和諧的聲音時時飄蕩進來。祇在今日，許多許多年之後，我才知道我們街上這些聲音的意義。恰如聽到一隻不知疲倦的蟋蟀眞的寂靜常更變爲寂靜，就是這樣一個未注意的人，充滿了戰慄的力量呈現在我的眼前，當我重新記起女郎的手指撥動之下的捲絲軸的聲音，我對我自己說：男子終究是男子，不論在何處。

每天早晨格力修來到我們的洋台吹他的蘆笛。聽他是件樂事，但當時我一點不知道他的音樂的意義。我們把得來的銅子從洋台上投到他帽子裏。他鞠躬轉向角隅愈走愈遠了，而還是在吹，我們儘管聽着，聽着，直至街上除了悽涼的捲絲軸的聲音之外再沒有別的聲音的時候。

我不知道——也許我永不會了解那些聲音中的愛的祈禱，若這音調有一次不被暴力打斷：一天，格力修正在吹着時，一個警察走近他，捉住他的項背，「永遠」帶了他走了。我很記得這格力修被「永遠」驅逐的預感。好幾天我們依舊到洋台上，依舊等着，但這結局的預感不曾蒙騙我們：音樂永遠不見了，而且眞奇怪，我——到處流浪——從此不再聽到蘆笛的音調了。

在格力修永遠被帶走之後，他的音樂中止了，我才懂得這個。但年長者沒一人曾經猜中我爲什麽每夜不能入睡而嗟嘆；我爲格力修悲哀，我爲他在暗地裏偸偸流淚。

後來，當我開始知道一切時，許多次格力修的戀愛故事對我重複過；好幾年那個短小的故事於我時而是它可悲的一面，時而是它可笑的一面。但沒有一人具有同感——我嚴謹地隱藏這種感情；個個人大笑——沒一個人和我同感甚至我的兄弟，他和我聽過這音樂，又和我大家爲它而悲哀的人，也都把它忘了。老保姆，她時常同我們來到洋台上，聽格力修的歌曲的，也記不起警察怎樣在她的眼見之下，帶走格力修而對我的發問，『爲什麽警察把格力修帶走的呢？』——冷淡地答道：『怕爲了一些事情能。』

祇有我個人終身記得這件事，於大衆如此不重要，却這樣深深地打動我三歲的心，我似乎能夠改造一個奇怪的滑稽的戀愛故事，好像我是個目擊者，幾乎是個參與的人，在這個於大衆這樣可笑的「空中」浪漫史裏。

在大禮拜堂的右席裏，他唱男高音。左席是孤兒院的姑娘們和禮拜堂主教，坡太米・馬珂夫神父，的成年的女兒一起唱。這是鎮上不變的笑柄的理由，一種地方上的趣聞，禮拜堂主教，罕普・坡太米神父，把他的女兒取名「瀰灑」。格力修，一個街市的音樂家，鍾情於這個十分難以接近的主教的女兒，他認她爲他的詩歌女神。他頭腦這樣簡單，他對別人講他的戀愛，因而傳到我們店館的耳朶裏，牠們總是迅速地令人發噱。他們對他大笑：就是鎮上最不配的洗衣女郎，斐秀・瑟姆絲凱亞，也不會想到和這樣一個衣衫襤褸的人結婚——更不要說禮拜堂主教馬珂夫的女兒了！格力修張開他的兩眼，出驚地，告訴商人們道：

「我沒有想望那個呵！」

「說謊的人，」人們說，「你不是深愛向日葵子的麽？」

格力修率直地回答：「是，我喜歡向日葵子。」

他們又說：「若你喜歡它們——你輕輕地咀嚼它們罷。」

但格力修憤激地抗議，一天說道，

「我愛，「在空中」。」

自那天之後全個鎮上都傳遍了：格力修和禮拜堂主教的女兒，「彌灑」，在空中相愛了。學校裏男女學生把通常所稱的精神戀愛改爲「空中」戀愛了。街上的孩童們成羣地跟着他拚命地揶揄他。

但主要的快樂是始於格力修鼓起他的勇氣，寫信給他「彌灑」，而在信中由奥忒爾珂夫改名爲奥忒爾片夫，大概是爲的要雅致一點，想到波蘭人，騙子格萊戈里和瑪麗娜・米尼契克的戀愛的緣故。他先在信上署：『格萊戈里・奥忒爾片夫，你知道的人。」

過了不久，「瀰灑」嫁給一個教會中的執事福蒂非凱妥夫到拉比屯去了。格力修寫信寄到拉比屯，給收師的妻子瀰灑・福蒂非凱妥夫，但這些信中他署；「格萊戈里・奧忒爾片夫他早是」的了。

這些信，在拉比屯流傳過之後，復寄到禮拜堂主教地方，後又在我們的鎮上從這個人的手裏傳到那個人的手裏。個個捧腹大笑。學校裏的男學生，那時候在他們的情書裏也都署：「你知道的人」或「他早已是你的了。」

格力修最後一信不曾達到它的目的地，但給奧爾羅夫旅館的管門人珍藏起來了。他常籍此造出娛樂那般多賞他酒錢的請求者。空中浪漫史的最後一信不寫給瀰灑・福蒂非凱妥夫，而是給「神怪的處女瑪麗」，不署「你知道的人，」也不署「他早是」而是一個很新式的式樣：

「格萊戈里，他將是。」

我的朋友，蘆笛和角的音樂是美麗的；我不能忘記它。它是最偉大的戀愛的祈禱，雖然我知道：在你愛上一個女人時一切祈禱是無效的。

西班牙

巴羅哈

放浪者伊利沙闢台

跋司珂族的人們

巴羅哈 (Pio Baroja y Nessi) 以一八七二年十二月二十八日生於西班牙之聖舍跋斯丁市，和法蘭西國境相近。先學醫於巴連西亞大學，更在馬德里大學得醫士稱號。後到跋司珂的舍斯德那市，行醫兩年，又和他的哥哥理嘉圖 (Ricardo) 到馬德里，開了六年麵包店。

他在思想上，自云是無政府主義者，翹望着力學底行動 (dynamic action)。在文藝上，是和伊巴臬茲 (Vincent Ibanez) 齊名的現代西班牙文壇的健將，是具有哲人底風格的最為獨創底的作家。作品已有四十種，大半是小說，且多長篇，又多是涉及社會問題和思想問題這些大題目的。鉅製有『過去』，『都市』和『海』這三部曲；又有連續發表的『一個活躍家的記錄』，迄今已經印行到第十三編。有傑作之名者，大概屬於這一類。但許多短篇裏，也儘多風格特異的佳篇。

跋司珂 (Vasco) 族是古來就住在西班牙和法蘭西之間的比來納 (Pyrenees) 山脈兩側的大家視為『世界之謎』的人種，巴羅哈就稟有這民族的血液的。選在這里的，也都是描寫跋司珂族的性質和生活的文章，從日本的『海外文學新選』第十三編『跋司珂牧歌調』中譯出。前一篇 ("Elizabide el vagabundo") 是笠井鎮夫原譯；後一篇是永田寬定譯的，原是短篇集『陰鬱的生活』(Vidas sombrias) 中的幾篇，因為所寫的全是跋司珂族的性情，所以就襲用日譯本的題目，不再改換了。

放浪者伊利沙闢台

魯迅譯

放浪者伊利沙闢台在那荒園裏作工的時候，看見從教堂囘家的瑪因德尼走過，是往往自言自語的——

「那娃兒，在想些什麽呢？那麽樣，就高高興興活着麽？」

在他，瑪因德尼的生活，就這麽覺得希奇！像他那樣，始終撞來撞去，走遍了全世界的人，這村子的鎮定和幽靜，自然以爲是無出其右的，但未曾跨出過那狹窄的土地的她，竟不想去看戲，逛廟，看熱鬧的麽？不覺得要過一囘更出色的，更緊張的，兩樣的生活的麽？因爲放浪者伊利沙闢台對於這問題，不能給與一個囘答，所以哲學家似的在沈思，一面仍然用鋤子掘着泥土；

「意志堅強的娃兒呀，」於是又想，「那娃兒的魂靈太平穩，太澄淨，所以教人擔心的呀。總之，不過是不知道她怎樣心思的擔心，要知道她是怎樣心思的擔心，那雖然明明白白。」

放浪者伊利沙圖台自己保證了和那擔心，並無很深的關係，便滿足了，仍在自家的荒園裏工作着。

放浪者伊利沙圖台是奇妙的樣式的人。海岸地方的跋司珂人的性質和缺點，他無所不備。大膽，尖酸，是懶惰者，是冷笑家。疏忽和健忘，是成着他的性質的基礎的。什麼事都不以為意，什麼事都忽然忘懷。

在亞美利加大陸上混來混去，這市上做新聞記者，那市上做商人，這里賣着家畜，那里却又是販葡萄酒，這之間，將帶着的有限的本錢幾乎完全用光了。也往往快要發財，但因爲不熱心的緣故，總失掉了機會。他總被事件所拉扯，決不反抗，就是這樣的人。他將自己的生活，比之被水漂去的樹枝，誰也不來檢起牠，終於是沒在大海裏。

他的懶散和怠惰，不是手，倒是頭。他的魂靈，往往脫離了他。只要凝視川流或仰眺雲影和星光，便於不知不覺中，忘却了自己的生活上最要緊的計畫。卽使並沒有忘却這些事的時候，也爲了不知什麼別的事，將那計畫抛開。那是爲着什麼緣故呢，他也常是不知道的。

最近時，在南美烏拉圭國的一個大牧場裏。因爲在伊利沙闢台，有不討人厭之處，年紀固然已經到了三十八，風采却也並不壞，所以牧場的主人便開了口，要他娶他的女兒。那女兒，是正在和一個謨拉忒（白人和黑人的混血兒——譯者）講戀愛的很不中看的女人。但是，在伊利沙闢台，牧場的蠻氣生活是覺得不壞的，於是答應了。到得快要結婚之際，忽然，思慕起出身的故鄉的村莊，羣山的乾草氣息，跋司珂地方的煙靄的景色來。直說出本心來是做不到的，一天早上，剛在黎明，向着未婚妻的父母說要到蒙提闢台阿買婚禮的贈品去，便跨上馬，又換坐了火車。一到首府蒙提闢台阿，就坐了往來大西洋的大船，於是向着自己多承照顧的亞美利加之地，十分惜別之後，回到西班牙來了。

到了故鄉吉普斯珂亞的小小的村莊。和在那里開藥材店的哥哥伊革那希阿擁抱了。也去訪問乳母，約定了不再跑開去。於是就住在他自己的家中。他在亞美利加不但沒有賺錢，連帶去的錢也不見了的這新聞，傳布村中的時候，便什麼人也都記得起來，他在沒有出門之前，原已是一個誰都知道的愚蠢輕浮的胡塗漢。這樣的事。他全不在意。到果樹園去，就揮鋤。在餘暇時，出力造了一隻獨木舟，在河裏遊來遊去，撩得村人生氣。

放浪者伊利沙闢台相信，哥哥伊革那希阿和他的妻，還有孩子們，是看不起他的，所以去看他們的時候，眞是非常之少。然而不久，他知道兄嫂是在尊敬他，他不去訪問，他們在責難。伊利沙闢台便比先前常到哥哥的家裏去了。

藥劑師的家是完全孤立的，在村子的盡頭。對路這一面，有圍以牆壁的院子。濃綠色的月桂樹，將枝條伸出在牆頭之上，略略保護着房屋的正面，使不被北風之所吹。院子的隔壁，便是藥材店。

這房子裏沒有曬臺，只有幾個窗。這些窗的開法，是毫不勻整的。這是，無非因爲有後來塞了起來的的緣故。

諸君由摩托車或馬車，經過北方諸州的時候，可曾見過那無緣無故，令人起一種羨慕之情的獨立人家沒有？

覺得那裏面，該是度着安樂的生活的罷，就推察出快活的，平和的生活來。掛着帷幔的諸窗，是令人想到陳列着胡桃樹衣橱的廣闊的房屋，擺着大的木牀的很像修道院的內部；令人想到一入夜，則刻在滴答作響，高大的舊式時鐘上的時間，緩緩地過去的，平安而幽靜的生活的。

藥劑師的家，即屬於這一類。院子裏是風信子，燈台草，薔薇叢，還有高大的繡球花，有到下層的曬臺那麼高。沿在院子的泥牆上的乾淨的白薔薇的花蔓，掛得像瀑布一般。因爲這薔薇是極其飄動，極其易謝的，在跛司珂語，就叫牠

「曲爾愛斯」（狂薔薇之意——譯者）。

當放浪者伊利沙闢台很坦然的到他哥哥家去的時候，藥劑師和他的妻便帶了孩子們做引導，給看乾淨的，明亮的，芬芳馥郁的家。後來，他們又到果樹園去。在這里，放浪者伊利沙闢台這纔見了瑪因德尼。她戴着草帽，正在將蠶豆摘來兜在衣裾裏。伊利沙闢台和她，淡淡地應酬了一下。

「到河邊去呢，」藥劑師的妻對她妹子說，「你對使女們去說一聲，教她們拿綽故拉德來。」

瑪因德尼向家裏去了。別的人們便通過了成行的梨樹的扇骨似的撐開了枝子所做成的隧道，降到河邊的樹林之間的空地裏。這里有一張粗桌子和一條石凳。太陽從密葉間射進來，照着河底。看見河底上的圓石子，銀一般發光，以及魚兒在徐徐游泳。天氣很平穩。太空是藍而明，朗然無際。

未晤之前，藥劑師家裏的使女兩個，將綽故拉德和蛋糕裝在盤子上，送來了。孩子們便猛獸似的樸向蛋糕去。放浪者伊利沙闢台先講些自己的旅行談，還有幾樣的冒險故事。使大家都出神地傾聽。獨有她，獨有瑪因德尼，對於這樣的故事，却不見有怎樣熱狂模樣。

「派勃羅叔叔。明天還來麼？」孩子們對他說。

「唔唔，來的呀。」

放浪者伊利沙闢台囘家去了。而且想着瑪因德尼，做了夢。雖在夢裏，看見的也還是現實照樣的她。身子小小的，模樣苗條的，眼珠黑而發閃的她，被亂抱亂吻的外甥們糾纏着。

藥劑師的最大的兒子，是中學的二年生，伊利沙闢台便教他法國話。瑪因德尼也加入了來受教。

伊利沙闢台覺得很關心於這幽靜的，沈著的嫂嫂的妹子起來了。她的靈魂，僅僅是不知慾望，也不知企羨的幼兒的靈魂麼，還是只要無關於叫她住在一屋頂底下的人們的事，便一切不管的女人呢，他不能懂。放浪者常常屹然的凝視她。

「這娃兒在想什麽呵？」他自己問。有些時候，膽子大了起來。對她說道——

「瑪因德尼姑娘，你沒有結婚的意思麽？」

「呵，這我！結婚那些事！」

「結了婚也不壞呀。」

「我結了婚，誰來照管孩子們呢？況且我已經是老太婆了。」

「廿三歲上下就是老太婆？那麽，已經上了三十八歲的這我，簡直早是一隻脚踏在棺材裏的昏瞶老頭子了呀。」

對於這話，瑪因德尼什麽也沒有說，單是微笑着。

那一夜，伊利沙爾台覺到非常關心於瑪因德尼的事，喫了驚。

「究竟，是那一類的女人呢，她？」他自己說，「驕傲的地方是一點沒有，浪漫的地方也沒有。是但……」

河岸的靠近狹的峽間路之處，湧出着一道泉水，積成了非常之深的池。裏面的水，是不動的，所以恰如嵌着玻璃一樣。『瑪因德尼的魂靈，恐怕就是那樣的罷。但是……』伊利沙闢台對自己說。他雖然想用這樣的事，來做一個收束，然而關心總沒有消除。豈但如此呢，還越發增加了。

夏天到了。藥劑師的家的院子裏，夫婦和孩子，瑪因德尼，還有放浪者伊利沙闢台，每天總是聚集起來的。伊利沙闢台的謹守時間，向來沒有那時的準。那樣的幸福他未曾有過，但同時也未曾有過那樣的不幸。

已到黃昏，空中滿了星星，明星的青白色光在天空閃爍的時候，談天也漸漸入神，隨便，蛙鳴的合唱，更令人與致勃然。瑪因德尼也很不拘謹了，話說得較多。

一到夜裏九點鐘，聽到那馬夫坐位的蓬子上點着大燈，經過村中的雜坐馬車的鈴聲，大家便走散。伊利沙闢台心裏描着明天白天的計畫，向他的歸路。那計晝，是無論什麽時候，一定團團轉轉遶着瑪因德尼的周圍的。

有時候，是頹喪地自問——

「跑遍了全世界，回到小村裏來，渴想着一個鄉下姑娘，不是獃氣麽？對那麽儼然的，那麽冷冷的娃兒，什麽也不說的獃子，究竟那裏還有呵！」

夏天已經過去。祭祀的時節近來了。藥劑師和那家族，决計照每年一樣，要到亞耳那撒巴爾去。

「你也同去的罷？」藥劑師問他的弟弟。

「我不去。」

「爲什麽不去的？」

「不高興去。」

「那麽，也好罷。不過我先通知你，你可是只剩下一個人了呀。因爲連使女們也要統統帶去的呵。」

「你也去麼？」伊利沙闢台對瑪因德尼說。

「唔唔，自然去的。我就頂喜歡看賽會。」

「不要當眞。瑪因德尼去，可並不是爲了這緣故呵。」藥劑師插嘴說，「是去會亞耳那撒巴爾的醫生的呀。那去年很有了意思的年青的先生。」

「這又有什麼稀奇呢？」瑪因德尼微笑着說。

放浪者伊利沙闢台發靑，變紅了。然而什麼也不說。

要去赴會的前一夜，藥劑師又問的弟弟——

「那麼，你同去呢，不去呢？」

「那麼，去罷。」放浪者低聲說。

第二天，他們一早起身，走出村莊，到了國道。從此彎彎曲曲順着小路，橫斷了滿是豐草和紫的實芰答里斯的牧場，走進了山裏。

朝氣有些溫熱。山野爲露水所濡。太空作近於水色的蔚藍，撒着白色的雲片。這雲又漸次散成細而且薄的條紋。早上十點鐘，他們到了亞耳那撒巴爾。這地方是山上的村子，有教堂，廣場上有球場，有兩三條並立着石造房屋的大路。

他們走進藥劑師的妻的所有的獨立屋子去，到了那廚房。在那裏，就開始了放下投樹枝入火和搖着孩子的搖籃的手，走了出來的老婆婆的大排場的歡迎和款待。她從坐着的低低的爐邊站起，和大家招呼，對於瑪因德尼，她的姊姊，孩子們，是接吻。那是一位精瘦的老婆婆，頭上包着黑布。她有着長長的鷹嘴鼻，沒有牙齒的嘴，打皺的臉，白的頭。

「您是，那個，到過什麼亞美利加的那一位麼？」老婆婆和伊利沙闢台幾乎碰住了鼻子，問。

「是的，我就是去過那邊的。」

已經到了十點鐘了。因爲這時候，大彌撒就要開頭的，所以在屋子裏，只留下了一個那老婆婆。大家便都往教堂去。

午餐之前，藥劑師教瑪因德尼和孩子們相幫，從這屋子的窗間，亂七八遭的放了些花爆。這以後，都赴食堂去了。

食桌周遭，計有二十多人，其中就有這村的醫生，坐在瑪因德尼的左近。而且對她和她的姊姊，竭盡了萬分的嫵媚和殷勤。

這一刻，放浪者，伊利沙闢台感到大大的悲哀了，心裏想，還是棄了這村子，回到亞美利加去罷。直到喫完，瑪因德尼不歇地向伊利沙闢台看。

『是在和我開玩笑呀。』他想，『知道我在想她，所以和別的男人說笑給我看看的。墨西哥灣怕再要和我做一回朋友罷。』

用膳完畢的時候，已經過了四點鐘。跳舞早在開頭了。醫生不離瑪因德尼的身邊，接連地在討她的好。於是她就總是凝視着伊利沙闢台。

到黃昏，賽會正酣之際，就開始了奧萊斯克舞。青年們手挽着手，打鼓的走在前頭，在廣場裏翔步。有兩個青年離開除伍，互相耳語，似乎略有些躊躕，但即除下無邊帽來拿在手裏，向瑪因德尼請她去做魁首，做跳舞的女王。她竭力用跋司珂語囘絕他們。看看姊夫。他在微笑。看看姊姊，她也在微笑。於是看看伊利沙爾台。這是在萬分的喫苦。

「快去罷，不要客氣。」阿姊對她說。

跳舞以一切的議式和禮節開首。這是可以看作原始時代，神人時代的遺風的。奧萊斯克一完，藥劑師因為要舞芳宕戈，拉出他的妻去了。於是，年青的醫生，拉出瑪因德尼去了。

暗了。廣場的篝火都點了起來。而人們也想到了歸路。

囘家喫過綽故拉德之後，藥劑師的家族和伊利沙爾台便向着家路，上了歸塗。

遠遠地，在羣山中發出應聲，聽到賽會囘去的人們的，略似野馬嘶鳴的聲喚。

在密樹裏，火螢好像帶藍色的星星一般在發光。蛙兒在寂靜的夜的沉默中，閣洛洛，閣洛洛地叫着。

時時，下坡的時候，由藥劑師所出的主意，大家手挽着手走了。一同唱着——

Aita San Antoniyo Urquiyolacua. Ascoren biyotzeco sauto devotua.

走下斜坡去。

伊利沙闢台對瑪因德尼是生氣的，雖然很想離開她，但偶然竟使她跟着他走了。

挽手的時候，她將手交給他。那是纖小的，柔輭的，溫暖的手。忽然，走在前頭的藥劑師想起來了，卽刻站住，向後面一擠。這時候，大家就也互撞了一回。伊利沙闢台便屢次用了兩腕，將瑪因德尼扶住。她有些焦躁，叱責了姊夫，就又向莊重的伊利沙闢台注視。

『你爲什麽這樣悶悶的？』瑪因德尼用了尖酸的聲音，向他問。那漆黑的眼，在夜的昏暗裏發光。

『我麽？不知道。這是男人的壞脾氣，看見別人高興，便無緣無故傷心。』

『但是，你並不壞呀。』瑪因德尼說着，那漆黑的眼凝視着他幾乎要釘進去，伊利沙闢台於是非常狠狽了。至於心裏想，恐怕連星星也覺得自己的狠狽。

『對呀，我不是壞人。』伊利沙闢台喃喃地說。『但是，我，像大家所說，是獃子，是廢料呵。』

『那樣的事也放在心裏麽？連不知道你的人們說出來的那些話？』

『自然。我就怕這些話是眞的呀。在還非再去亞美利加一趟不可的人，那是並不平常的心事呵。』

『阿阿，還去？說還要去麽？』瑪因德尼用了沉著的調子低聲說。

『就是呀。』

「但是，什麼緣故呢？」

「唉唉，這是不能告訴你的。」

「如果我猜出了？」

「如果猜出了，那就可歎。因爲你便要當我獃子看的。我年紀大了……」

「唉唉，那算什麼呢。」

「我窮呀。」

「那是不要緊的。」

「唉唉，瑪因德尼！眞的麼？不會推掉我的麼？」

「不，豈但不會……」

「那麼……肯像我的想你一樣，你也想我麼？」放浪者伊利沙闢台用了跛司珂語低低地說。

「是的，便是死了也……」瑪因德尼這樣地說着，將頭緊靠在伊利沙闢台的胸前。於是伊利沙闢台在她的栗色的頭髮上接了吻。

『瑪因德尼！這裏來呀！』姊姊在叫了，她便從他離開。但因爲要看他，又回顧了一回。而且又屢次屢次的回顧。

大家走着寂靜的路，向村子那邊進行。在周圍，充滿着神祕的夜在顫抖，在空中，星星在睞眼。放浪者伊利沙闢台抱着爲說不出的心情所充塞的心，覺得被幸福閉住了呼吸，一面大張兩眼，凝視着一顆很遠很遠的星。而且用了輕輕的聲音，對那星講說了一些什麽事。

跛司珂族的人們

魯迅譯

流浪者 (ERRANTES)

昏夜已經襲來，他們便停在夾在劈開的峭壁之間的孔道的底下了。兩面的山頭，彷彿就要在那高處接吻似的緊迫着，只露出滿是星星的天空的一線來。

在那很高的兩面峭壁之下，道路就追隨着任意蜿蜒的川流。那川流，也就在近地被水道口的堤防阻塞，積成一個水量很多的深潭。

當暗夜中，兩岸都被喬木所遮的黑的光滑的川面，好像擴張在地底裏的大的洞穴的口，也像無底的大壑的口。在那黑的漆黑的中央，映着列植岸上的高的黑柳和從羣山之間射來的空明。

宛然嵌在狹窄的山隙間一般，就在常常滾下石塊來的築成崖壁的近旁，有一間小屋子。那一家族，便停在那里了。

這是爲在北方的道路上，無處投寄的旅人而設的小屋之一。停在那里的，大概是希泰諾，補銅匠，乞丐，挑夫，或是並無工作，信步游行的人們。

家族是從一個女人，一個男人和一個男孩子組成的。女人跨下了騎來的雄馬，走進小屋去，要給抱着的嬰兒哺乳了，便坐在石櫈上。

男孩子和那父親，卸下了馬上的行李，將馬繫到樹上去；拾了幾把燒火的樹木，搬進小屋裏，便在中間的空地上，生起火來了。

夜是寒冷的。夾在劈成的兩山之間的那孔道上，猛烈地吼着挾雨夾雪的風。

女人正給嬰兒哺乳的時候，男人便懇切地從她的肩頭取下了濡溼的圍巾，用火去烘乾了。並且削尖了兩枝棒，釘在地面上，還是掛上那一條圍巾去，藉此遮遮風。

火着得很旺盛。火燄使小屋裏明亮起來。灰白的牆壁上，有些也是流浪的人們所遺留的，用桴炭所寫的，很拙的畫和字。

男人小而瘦，頤下和鼻下，都沒有留鬍子。他的全生命，彷彿就集中在那小小的，烏黑的活潑的兩眼裏似的。

女的呢，假使沒有很是疲勞的樣子，也許還可以見得是美人。她以非常滿意的模樣，看着丈夫。看着一半江湖賣解，一半大道行商的那男子。對於那男子，她是連他究竟是怎樣的人也不明白，但是愛着的。

男孩子有父親一模一樣的臉相，也一樣地活潑。他們倆都很快地用暗號的話交談，歷覽看牆上的文字，笑了。

三個人喫了青魚和麵包。以後，男人便從包裹裏拉出破外套來，給她穿上了。父子是躺在地面上。不多久，兩個都睡着了。嬰兒啼哭起來。母親將他抱起，搖着，用鼻聲嗚他睡去。

幾分鐘之後，這應急的窠裏，已經全都睡着了。對於流宕的自由的他們的生涯，平安地，幾乎幸福地。

外面是寒風吹動，呻呼，一碰在石壁上，便呼呼地怒吼。川水以悲聲嗚着不平。引向水車的溝渠中，奔流着澎湃的水，奏着神奇的盛大的交響樂。……

第二天的早晨，騎了馬，抱着嬰兒的女人和那丈夫和男孩子，又開始前行了。這流浪的一家，愈走就愈遠，終於在道路的轉角之處，消失了他們的踪影了。

黑馬理 (MARI BELCHA)

在古舊的小屋子門口，抱着小弟弟的只一個人，黑馬理，你是整天總在想些什麽事，凝眺着遠山和青天的罷？

大家都叫你黑馬理。但是這因爲你是生在東方魔土君王節日的，此外也並無什麼緣故呀。你雖然被叫作黑馬理，皮膚却像剛洗的小羊一般白，頭髮是照着夏日的麥穗似的黃金色的。

當我騎馬經過你家門前的時候，你一見我，便躲起來了。一見這在你出世的那寒冷的早晨，第一個抱起了你的我，一見這有了年紀的醫生呵。

我多麼記得那時的事呵，你不知道！我們是在廚房裏，靠了火等候着的。你的祖母，兩眼含淚，烘着你的衣服，凝視着火光，深思着的。你的叔父們，不錯，亞理司敦的叔父們，談着天氣的事，收穫的事。我去看你的母親，還到臥房好幾回呢。到那從天花板上掛着帶鬚的玉蜀黍的狹小的臥房裏。你的母親痛得呻吟，好人物的訶舍拉蒙，就是你的父親，正在看護的時候，我還站在窗口，看着戴雪的樹林，和飛渡天空的鶺鳥隊之類哩。

使我們等候了許久之後，你總算揚着厲害的啼聲，生下來了。人當出世的時候，究竟爲什麼哭的呢？因爲那人所從出的「無」的世界，比從新跨進的這世界還要好麽？

就如說過那樣，你大哭着，生下來了。東方的魔法的王們一聽到，便來在要給你戴的頭巾裏，放下一盾銀錢去。這大約便是從你家付給我，作爲看資的一盾罷……。

現在你，我一經過，我騎了老馬一經過，就躲起來。唉唉！我這面，也從樹木之間偷看着你的。爲的是什麽呢，你可懂得不？……一說。你就會笑起來罷。……我，這老醫生，卽使叫作你的祖父也可以，眞的，倘一說，你一定要笑的。你就好看到這樣！人們說，你的臉，是曬得黑黑的呀，你的胸脯，還不夠飽滿呀。也許這樣的罷，那是。但還因爲你的眼睛，有着無風的秋日的黎明一般的靜，你的嘴唇，有着開在通黃的麥地之間的罌粟花一般的顏色呵。

況且你是又良善，又有愛情的。這幾天，是市集的星期三，可記得呢？你的父母都上市去了，你不是抱着小弟弟，在自己的田地裏游逛麽？

小鬼發脾氣了。你想哄好他，給看着牛呀。給看那喫着草，高興地喘息着，笨重地跑來跑去，而且始終用長尾巴拂着脚的戈略和培耳札呀。

你對頑皮的小鬼頭說了罷，「阿，看戈略罷……看那笨牛……哪，不是長着角麼……好，寶寶，問他看，你爲什麼閉眼睛的？那麼大，那麼傻的眼睛……阿呀，不要搖尾巴呀！」

於是戈略走到你的身邊，用了反芻動物所特有的悲憫的眼色看着你，伸出頭來，要你撫摩那生着旋毛的腦窩。

你又走向別的一頭牛，指着他說了，「那個，那是培耳札……哼……多麼黑呀……多麼壞的牛呵……寶寶和姊姊都不喜歡這頭牛，喜歡戈略，哪。」

小鬼也就跟你學着說，「喜歡戈略，哪。」但卽刻又記起了自己是在發脾氣，哭起來了。

那時候，我也不知道爲什麼，哭起來了。一到我那樣的年紀，那是眞的，胸膛裏是懷着赤子之心的呵。

你想小弟弟不吵鬧，還走着給他看搗亂的小狗，跟定了雄雞的大架子，在地上開快步的雞，蹣跚亂走的胡塗的猪，不是麽？

小鬼一安靜，你便沈思起來了。你的眼睛雖然向着紫的遠山，但是並沒有看山哩。你也望着優游青天的白雲，落在林中的堆積的枯葉，和只剩了骨骼的樹木的枝梢，但是什麽也沒有看呵。

你的眼，是看着一點什麽東西的。然而這是看着心裏面的什麽，看着挺生愛的芽，開放夢的花的神奇之國的什麽呵

今天經過的時候；我看見你比平時更加沈思了。你坐在樹身上，惘惘然忘了一切似的，然而有些不知什麽苦處，嚼着薄荷的葉呵。

唉唉，黑馬理，試來說給我聽罷，你是想着什麽，而凝眺着遠山和青天的。

移家 (HOGAR TRISTE)

兩個人從早晨起，就往新居，等候行李馬車的來到。直到晚上五點鐘前後，這纔到了樓下的門口，停止了。

搬運夫們很有勁，將窮家私隨處磕撞着搬上來。因爲那混亂，在寒儉的這家庭裏，算最値錢的客廳用的長椅子和臥房的門上的玻璃，都弄破了。

馬車夫說是小小的車子上，行李裝不完，所以說定是兩盾的，這時要三盾。搬運夫們酒錢要得不夠，就說了一些不好聽的惡話。

時候已經晚了，只靠一盞將滅的燈，夫婦開手將家具放在各各的處所。孩子趁勢玩着，從紙馬的肚子裏拉出麻屑來。但也便生厭，用渴睡似的聲音，叫着母親，跟在她的後面，牽住了衣裾。母親於是取出火酒燈，將中午剩下的雜碎，檢一些到勺鍋裏，溫起來，給孩子喫。後來就領到牀上去了，卽刻呼呼地，孩子也就睡着了。

她又出來了，來收拾已經開手的東西。他就說——

「歇一歇可好呢。一看見你做得不歇，我就覺得很難平靜。坐在這里罷。談幾句天罷。」

她坐下，用那染了灰塵的一隻手，按住了流汗的滿是散出的頭髮的前額。

他是相信着不久便可以復職的。即使萬一不能，也有店家說過，如果一百丕綏泰也可以，就來做賬房。到那時爲止的生計，大約未必有什麼爲難罷。這回的家，因爲是第六層樓，所以太高些。然而惟其高，倒一定爽朗的罷。他這樣地說着，向各處四顧。這一看，他又覺得顯示着寂寞精光的陰森的，那冷冷的壁，滿是塵埃的家具，散亂着繩子的地板，對於他的話，都浮出陰沈的笑來。

她是決計了的，凡男人所說的事，她都點頭。

休息了片刻，她又站起來了，並且說——

「我可是沒有預備晚膳的工夫了呵。」

「不要緊的。(他說，)我一點也不想喫。今天就減了這個睡覺。」

「不，我去買一點什麽來罷。」

「那麽，我也一同去。」

「孩子呢？」

「就囘來的。不要緊，不會醒的。」

她到廚房裏洗手去了。然而水道裏沒有水。

「阿呀呀，水也還得去汲呢。」

她將圍巾搭在肩上，拿了一個罎。他也將一個瓶藏在外衣下。於是悄悄地走出外面了。四月的夜，給他們起了寒冷的討厭的心情。

經過王國劇場時，看見蜷臥地上的人類的團塊。

亞烈那爾街上，是在板路上，發着沈重的雄壯的音響，走過了許多輛馬車。

他們在伊薩貝拉二世的廣場上的噴泉裏汲了水。待到又經過那成了團塊，睡着的人們前面的時候，因爲對於傷心的印象而感到的一種滿足，又停了一些時。

一到家，都默默地走上樓梯去。於是便上了牀。

他以爲因爲疲勞着，卽刻可以睡去的。但是睡不着，注意力變得太敏了，便是夜中的極微的聲音，也都聽得到。一聽到遠遠地沉重的雄壯的馬車聲，眼裏便看見睡在路旁的人們的模樣，心裏是人類的一部份的無依的被棄的情形。暗澹的思想使他苦惱，一種大恐怖塞滿他的心中了。他以爲不該驚醒她，竭力抑制着身體的發抖。她呢，因爲休息了白天的勞碌，覺得是睡的極熟了。然而並不然……

她用極弱的聲音呻吟着……

「什麽地方不舒服麽？」他問。

「孩子……」她吞住話，啜泣了。

「什麽！孩子？」他直坐起來。

「不，先前的孩子……貝比德呵……你知道麼？……到明天，正是他死後的二週年了……」

「唉唉！我們怎麼只有這樣傷心的事情的呢！」

禱告(ANGELUS)

他們是十三個。是爲危險所染就，慣於和海相戰鬬，不管性命的十三個。他們之外，還載着一個女子，是船長的妻。

十三個都是海邊人，備着歐司珂種族的特色。大的頭，尖的側臉，凝視了吞人的怪物一般的海，而因死掉了的眼珠等，便是。

坎泰勃里亞的海，是熟識他們的。他們也熟識波和風的。

又長又細，漆得烏黑的大船，名叫「亞蘭札」。歐司珂語，意義就是「刺」。短檣一枝，揚着小小的風帆，豎在船頭上。……

傍晚，簡直是秋天。風若有若無，波是圓而穩，很平靜。帆幾乎不孕風，船在藍海上，帶着銀的船迹，綏綏地移動。

他們是出穆耳德里珂而來的，要趁聖加德林節，和別的船一同去打網，現在正駛過兌巴的前面。

天上滿是鉛色棉絮一般的雲。雲和雲的破綻間，露着微微帶白的藍色。太陽從雲縫中，成了閃閃的光線，迸射出來，燒得通紅的雲邊，顫抖着映在海波上。

十三個男人都顯着茫然的認眞的相貌，幾乎不開口。女人是頗有些年紀了，用了粗的編針和藍的毛線團，編着襪。船長是莊重的寂靜的臉相，將帽子直拉到耳朵邊，右手揑定代舵的棍子，茫然凝視着海面。毛片不乾淨的一匹長毛狗，在船尾巴，坐在靠近船長的椅子上，但牠也是人們一般，無關心的看着海。

太陽漸漸下去了……上面，是從火燄似的紅，銅似的紅，到灰色的各種的調子，鉛的雲，大的鯨形的雲等。下面是，只有帶着紅，淡紅，紫這些彩色的海的蔚藍的皮膚。間以波的旋律底的蜿蜒……

船到伊夏爾的前面了。山氣濃重的陸風拂拂地，在海岸上，已看見向着這面的崖壁，山巖。

突然，在這黃昏的臨終之際，伊夏爾的教堂的時鐘，打出時辰來了。於是『三位禱告』的鐘，便如徐緩而有威嚴的莊重的聲音一般，洋溢在海面上。船長一脫帽，別的人們都學着他。船長的妻從手中放下了編織。大家就一面看着彎彎曲曲的平穩的海波，用了重實的沈鬱的聲調，一同做禱告。

天候一晚，風已經大了起來。布帆一受空氣的排煽，鼓得圓圓，大船在黑色的海上剩下銀的船迹，向暗中直闖進去……

他們是十三個。是爲危險所染就，慣於和海相戰鬬，不管性命的十三個。

猶太

賓斯基

狂風暴雨中

猶太的文學到十九世紀的後半纔有復興的氣象。那時重要的作家有 Abramovitch, Perez 和 Robinowitch。然爲新世紀的文壇的中堅者則爲賓斯基，亞修，Leon Kobrin 三人。

賓斯基(David Pinski 1872—)生於俄國，但他多留居異國，先在德國，現在美國有二十多年了。他是猶太的最早的也是最偉大的戲劇家。他的思想近於安特列夫到處懷疑着。寫的是猶太人的生活，其實却是人類全體。他與亞修不同。亞修不但作品的背景是猶太的，思想也是猶太的。

賓斯基的戲劇英文本有 "The Treasure" 和 "The Wives of King David" 等，小說集有 "Temptation"。狂風暴雨中就在這個集中，譯者爲 Issac Goldberg。

狂風暴雨中

眞吾譯

一個虔誠的婦人把它當作給犯人，給青年，給現代人的勸告告訴我。

朵朵烏雲開始染上晴空。密重重的雨雲，起首在遠方，在森林之外，但很快就黑了村上的全個天空。一陣狂風鞭撻着驅逐雲兒。它們在它的鞭撻之下飛行，憤怒，陰沈而且威嚇。風——小颶風——在盡量地猖獗，舉起塵柱到被逐的雲兒一般高，刼去屋頂，拔了樹根。

恐佈降到村上。白晝忽而變爲黑夜，這樣適宜於懺悔日，在贖罪日之前的安息日……如一個虔誠的猶太人的心一般的可怕的黑暗和難受的沈重。

一般人都鎖上他們的門，窗，躲在屋內。懺悔的猶太人的眞摯的面孔更變爲眞摯的了。懺悔日的沈悶的心情更變爲沈悶的了。上帝在責罵，唱讚美詩的人的悽慘的聲音更變爲沈重更變爲嗚咽的了。

黑暗愈聚愈濃。於是老倩由歌聲中舉起她的眼，由她的眼鏡望到街上，以顫抖的心發出一聲「噢！」復歎了一口氣。

有一忽兒她坐下注視外面。她搖搖頭。她整個的靈魂充滿了上帝的力量。

天還是拒絕明亮。雲兒不絕地掠過，風兒咆哮，旋轉厚重的飛沙在它的道上。

她不能再唱讚美詩了。她拿掉她的眼鏡放在她厚厚的婦人用的禱告書中，由座中站起來到她女兒的房中去。

「你說什麼對……」

她沒有說完她的問句。她的女兒不在那裏。

老婦視察一下房中，又看看廚房，於是又囘到房中。她女兒的披肩不在它所在的地方了。顫抖抖地她打開壁廚。短衫也不見了！

她已跑走了！她曾警告過她的女兒，至少今天——懺悔日——莫出去，她當留在家裏不跑到「背教者」，從前的學生，那地方去。

她衰老的面容如外面天空一般的黑。而她的心如狂風暴雨一般的憤怒。她注視房中似在想發洩她的暴怒——打人，敲東西。

『啊，願她從此不是我的女兒了！』由她盛怒的胸懷中暴發出來，她向天舉起雙手。

她不受她的嘴裏所發出的詛咒所驚嚇。在這個唯一的安息日在這一忽兒她能詛咒而且尖聲吐出最刻毒的語句。她會將女兒的頭髮捉住，殘酷地打她的巴掌。

突然她披上披肩在她的頭上，急速地出了門。

她要尋覓他們兩人又要加以一個不好的結局於他們兩人。

一閃電光衝破雲兒，隨即是很響的雷鳴。於是一閃一閃的電光，轟隆轟隆的雷聲。一次比一次使人眩目，一次比一次響亮震耳。

人們的恐怖也增加了，在懺悔日鳴雷，又是如此狂暴的模樣！個個心都感動了，個個人都出去祈禱了。

但是，老倩絕不注意這個。

風帶着塵沙瞎了她的眼，掠去她的披肩，吹動她的裙裾。扭轉她頭上的假髮。

她疾行，忘却一切。

她聽不見，看不見面前的一些東西。在她內身雷鳴，憤怒，狂暴有東西驅策她前進。在她面前都是黑暗的，因爲她的眼給血冲傷了。

她小小的軀殼更爲渺小了。她大步特步地行走，氣喘喘地。她看去比風還走得快。風落在她後面。它一追及她，那只是刺戟她前進。她加快她的脚步走。

她不四顧，不注意在後面她所跑過的那關着的窗裏窺視的探索一般的眼睛。她也不看見一些什麼，也不聽見一些什麼。她完完全全消沒在自然底憤怒中了。她的思想是詛咒，是可怕的詛咒，是深恨的詛咒。不是在言語中，而是在她的整個靈魂中。在她內身呼喊，雷鳴——發出漆黑的，憤怒的雲兒的雷聲。

她闖入「背教者」的家中。砰的一聲她打開門兒，更響的一聲關上它。在房中的一般人，對這突然的闖入吃了驚，兩脚跳了起來。她狠狠地向他們丟了一眼竄過房中，從第一間到第二間，再到第三間。她拉開門隨手猛力地關上，跟着是雷鳴，好像在賭賽誰能使玻窗更響得猛烈一些。一個小孩驚嚇而哭泣了。她從這間跑到那間。但他不在那里，她的女兒也不在。

於是她折回。但在門限上，她站了一忽兒。她流轉她的眼向天，對上帝舉起雙手。

「願火燒了這房子！」——粗聲地由她口中發出。

於是她離開了，猛烈地拉開面街的門兒讓它開着走了。屋主張目呆望，好似狂風暴雨打進屋內。完全失了知覺，他們忘記合攏他們的嘴巴。

雲間傾出如注的雨點雜以冰雹。風暴如鍋子的沸騰。

但這個沸騰的風暴在倩的胸懷中發怒。有些東西在她內身兇猛地襲擊。她不再感覺她脚下的土地。大水浸透了她，但這個不能遏制她。這祇增加她兇暴的心氣。

她從這間屋跑到那間屋，無論何處她希望遇見她的女兒和「背教者」。她隨便那里不停，永不發一句話，只是像閃閃電光忽進忽出，任人們驚呆地張着口。她要尋到他們！縱使在地下。她也不停止她的詛咒。

當她由最後一間屋跑出來時她停止了一忽兒。現在到那裏去呢？

他轉向家中。她的心告訴她她的女兒已在家中。她的嘴唇發出可怕的詛咒，內在的憤怒達到頂點；這空中，由她看來，是裝滿了她的呼喊，她的詛咒和誓言。

一陣狂風，一道電光和一聲雷鳴，她衝進屋內。

她的女兒不在那里。

她倒在椅上嗚咽不成聲。

又是一聲可怕的霹靂。這些霹靂聲中的一個起了大破壞。自然似乎震蕩去在炎夏所留給她的所賸有的能力。

村上的居民個個都嚇死了。他們看來看去，又膽怯地向外面一瞧。不是有些災禍降下了麼？懺悔者比從前更深深地躲藏他們的頭在他們的祈禱書中，他們的聲音也比從來顫震了。

但是，倩顯然未聽見雷聲。她繼續哭泣，哀哀地哭泣。於是一聲狂喊由她的喉間發出，好似雷鳴一般：

「願她不活着來到家裏！願人們將死的帶她來！啊，上帝呵！」

雲兒回報一聲霹靂，而風急速地走了，哀號地。

突然她站起來衝出去如先前一樣。風跟着她。現在風在後面力推，現在它在前面好像一隻忠實的狗，擊着路上的一切。捲起路上的灰塵和由雲間落下來的雨點相混。雲依舊是黑漆漆的，與由她焚燒的眼中所湧出來的熱淚相和。

她正在向着村外的路上跑。

他們一定在路上散步。那裏他們好幾次被人看見過的，她將在途上碰着他們，或在大森林附近的約納旅館。

在異教徒巷，村上最末尾的一巷，場上的狗兒聽到她在溼透的地上底急步聲。牠們中有幾隻在門後叫起來，不以在雨中冒險出來爲意；別的也不懶惰，在門下爬出來狂吠。但她未看見也未聽到牠們。她祇注視路之遠方，從巷口起頭的，而跑上去。

一隻狗抓住她的衣裙。這被水浸得很重的了。她不注意這個，拖了這畜生一段路，直至牠在滂沱大雨中跟着她厭倦了時。所以牠放了她的衣裙。一忽兒牠想在別地方抓住她，但立刻，一聲咆哮，牠跑回場上去了。

路上風還是加猛，而千響萬響的雷鳴來自附近的林中，倩只是由緊密的，充滿水量的大氣中向前望至遠方。

路上散滿被電所擊斷的樹枝堆，甚至於在她面前有幾株樹橫着，也連根拔起而燒焦了。

『上帝怕會叫雷也打得「他們」如此吧！』她竊竊自語。

她是被一種內在的呼喊所焚燒了。現上她已經找到一個她所詛咒的確實的形體。那邊的雷從她地方奪了它去了。

而她只是跑，跑，跑……

但在這裏的是什麽呢？

在她前面幾步路橫着兩個人。一男一女。歪着臉。扭曲的姿勢。面如土色，眼睛貶上。兩個屍體，被電所擊斃的。

亮晃晃的一閃，隨着是震耳的一聲霹靂。

她認出她的女兒。由她的衣服多於由她的燒焦的面容；由她的全身多於由她的眼睛底非常可怕的白色。

女子的雙臂放在男子的下面。在青年手中張着的雨傘頂是燒掉了。老婦是在尖聲詛咒，助風暴的雷鳴之憤怒以她的雷鳴；她的眼光和電光一同閃耀；在她的心中起了一個蹂躪的風暴。

她想喊出最惡毒的語句——已死的少女所應受的結局。她想給她最壞的和最不名譽的名字。

但是，忽然在她面前一切變黑暗了。好像熔了的鉛傾注到她的頭裏。困憊和顫慄襲擊她。她的衣服，被雨溼透了，好像拉她到地上，她的雙眼昏暗了。雷，電和風之怒號又重新起來了。

但在老婦的裏面一切都是靜的，黑的，死的。她跪下雙膝在她女兒的屍身之前，她的顫慄的雙手伸在屍身上，而在她的眼中升起一抹暗淡的火焰。

她的全身顫抖。她的牙齒交戰。以一種嗄聲的，不成調的聲音她氣喘喘地說：

「我親愛的女兒呀！我親愛的海尼呀！」

猶太

萊辛

感謝讚美

A.萊辛（Abraham Kaisin 1876—）是猶太人底另一支派，來自俄羅斯，他也在美國作了多詩。他是猶太讀者人人所知道的，是一個詩人，又是小說家。

普遍的有影響的作品，特別地被舉出例來是這篇"The Kaddish". 在這篇裏面是很可以明瞭猶太人對於子孫的觀念。英譯者是 Helena Frank.

感謝讚美 (The Kaddish.)

柔石譯

從帳幕後面來了一種低聲呻吟，和一種鼓勵的輕語由那老而有經驗的老婆子發出的。房內的空氣，悽愴到窒塞着。七個孩子，都是姑娘，從四歲到廿三歲，靜靜地坐着，各人獨自的，低着頭，等待什麼可怕的事。

近大食橱的小桌傍邊，坐着拿着書的家長，雷·昔力·張，是一個長而瘦的猶太人，一副黃而患肺病的臉孔。他低低地在念經，從大迦摩拉(Gemoreh)讀出調子來，時常舉起頭向帳幕震顫的一瞥，如此，他並不詢問這呻吟要有怎樣辦法，又憂愁了一回，顫動地念經。看他樣子似乎比產生嬰兒的母親更苦痛。

「全世界之主！」年紀最大的女兒衝破沉寂，「讓這次是一個弟弟罷！保佑，全世界之主，見憐罷！」

『呵，但願如此，全世界之主！』第二個附和說。

於是姑娘全體，大大小小，傷心而沉悶的，祈求產下一個男孩子。

雷・昔力從迦摩拉抬起眼來，向帳幕一瞥，又向七個姑娘，嘆出深深的長音「呵」，用他手做一種手戲，堅決的失望的說，『她還要給你們一個妹妹！』

這七個姑娘互相絕望地對看着；她們父親底末句話緊逼着她們，她們也再沒有勇氣禱告了。

僅僅最少的四歲的一個，穿着破了的長衣，輕輕地祈求着：

『呵！請求上帝，給我一個小弟弟罷。』

『我將斷絕香火(Kaddish)而死了！』雷・昔力嘆息。

時光進行着，帳幕後的呻吟更高起來，雷・昔力同那年紀大些的姑娘們覺得快，很快。「祖母」失望地叫出，『一個小姑娘！』而雷・昔力覺到那句話似一拳擊碎了他底心，他決定離開那里。

他走到天井中，仰頭看看天空。時候是半夜。月光是幽謐地散射着，星衆似乎嬉笑的小孩一般搖抖牠們自己。雷·昔力仍舊聽着屋內底聲音，「祖母」底乾啞的話，『一個姑娘！』

『唉，要沒有種子（Kaddiah）了！維斐倫！』他說，重跑過天井。『無法強逼她有了！』

他想鎮靜他自己一下，但無效；那種又將有一個女孩底恐懼之念仍在他心中起來。他失去了忍耐力，仍囘到屋內。

而屋內仍在騷動。

『是什麼？呀？』

『一個男小娃！爹爹，一個男孩！爹爹，一定的，我以爲一定的！』帶着這消息，這七個姑娘現出煥發的臉孔。

『呀？一個男小娃？』雷·昔力問，好像着迷似的，『呀，什麼？』

「一個男孩，雷・昔力，一個種子！」「祖母」宣布說。「我給他一洗好，我就給你看！」

「一個男孩……一個男孩……」雷・昔力喃喃地，他仍舊着迷似的，倚靠着牆，又突然似婦人一般的哭起來。

七個女孩奇怪了。

「那是爲了快樂，」「祖母」解釋道。「我是知道那種快樂的。」

「一個男孩……一個男孩！」雷・昔力嗚咽的，爲快樂所壓倒，「一個男孩……一個男孩……一點香火！」

男孩子底名字是雅各，但被人們叫起來，因「八字」底關係，是亞脫。

雷・昔力是一個有學問的人，他不大相信什麽用迷信來保護的方法；他甚至笑他底切克相信種種愚笨的事；但在他心底裏，他也喜歡這樣做法。總之，誰能確說這裏面沒有奧妙？婦人有時候比男人更知道一切。

光陰過去，亞脫克三歲了，雷·昔力底咳嗽也變得更壞了，胸部不時有阻塞的感覺。但他信他自己有實際上的豎立，看起來死是靜靜地在眼前，好像他將說，「現在，我能對你微笑了——我留下香火了！」

「你想什麼？切克？」他對他妻說，咳嗽了一陣以後，「亞脫克可以算是一顆種子，萬一我今天或明天死了？」

「同你長命下去，衰弱的人！」切克私自驚駭的叫起來。「你還正會長命！你底咳嗽是不是還新的？」

昔力微笑了，「愚笨的婦人，她想我是怕死。一個人已經傳下後代（Kaddish），死是無足輕重了。」

亞脫克正坐着玩那祈禱書，而且模做他父親做禱告，「阿曼姆——曼姆——阿曼姆——曼姆——。」

「聽他禱告！」切克喜悅地轉臉向她丈夫。「他是虔心誠意的這樣做！」

昔力不做聲，他僅僅凝視着他孩子（Kaddish），臉色發光的。於是他腦中來了一個觀念：亞脫克將變做一個柴特克，在未來可以幫助他解決了許多困難

「媽媽，我要吃！」忽然，亞脫克哭泣起來。

他給他一片放在傍邊的白麵包，僅僅爲他的，在每個休息日。

亞脫克吃着。

「那個生你的？那個生你的？」雷·昔力問。

「爹爹！」孩子答。

「此刻是你教他說讚美的時候，」切克注意着。

雷·昔力拉亞脫克到身邊，開始同他溫習。

「說：巴魯舒（Boruch）。」

「巴烏舒（Bo'uch）。」孩子有點相近的說。

『阿士哈(Attoh)，』

『阿士哈(Attoh)。』

當亞脫克學完『那個生你的』這一句話，切克虔敬地回答『亞們』，而雷·昔力看看亞脫克，在想像中，他是站在猶太人會堂內，重行舉行『感謝讚美』(Kaddish)，而且聽到教友們說『亞們』，他覺到他好似坐在伊甸樂園中。

又一年過去了，而雷·昔力是很苦痛地。春已到了，雪也融完了，他還是覺到天氣比以前更惡劣。他還能夠很早地起來到猶太人會堂裏去，但下午的禱告便困難而不能去了，他常常在家裏做下午禱告同傍晚禱告，同亞脫克二人費了整個的黃昏。

這是夜間很遲了。家家都已關門了。雷·昔力坐在一張小桌的傍邊，看在一邊，那裏是切克底床，亞脫克睡在她傍邊。昔力有一種奇異感情——他在這夜要死了。他覺到非常疲倦，衰弱，同一種懇求的樣子，他爬到亞脫克底小床上去，推醒他。

孩子醒來，驚看着。

『亞脫克，』雷·昔力撫着他的小頭，『到我這裏來一息！』

這孩子，已一覺睏醒，起來，到他父親那裏。

雷·昔力坐下椅子，那是靠近一張小桌的，在桌上翻着迦摩拉經，他將亞脫克抱起放在桌上。看着他底眼睛。

『亞脫克！』

『什麼？爹爹！』

『你願意我死麼？』

『願意，』孩子答，他是不知道什麼叫做「死」，他以爲這一定是什麼好的事。

「你願說感謝讚美在我死後麼？」雷・昔力問，說不出的語氣突然咳嗽了一陣。

「願說！」孩子答應。

「你知道怎樣？」

「知道！」

「好的，現在，說：葉司迦達兒（Yisgaddal）。」

「葉司迦達兒，」孩子說。

「維葉司凱達舒(Vayiskaddash)。」

「維葉司凱達舒。」

而雷・昔力又幾次叫他重習「感謝讚美」(Kaddish)一字。

小燈幽幽地發光，微微照出雷・昔力底黃的似死人的臉孔，同亞脫克底小臉孔，他厭倦地温習着這困難，"Kaddish"一字對他是不能領會的。亞脫克始終專心地注視着一邊，那裏是他爹爹底影子同他自己底，是奇異地可怕地映現着。

（註）"Kaddish" 一字頗難譯。原是希伯來語，是猶太人會堂的一種日常的儀式，感謝，祈求；以及喪葬等都用的，意義頗廣泛。普通的英漢字典翻作『感謝讚美』，但在小說中直譯不適合，故改變了許多意思，以相當的中文代之。而題目仍爲感謝讚美。

近代世界短篇小說集（2）

在沙漠上及其他

實價大洋六角

一九二九年九月初版

一——一五〇〇

上海……街

……合記教育用品社發行

上海春潮書局發行

朝花小集：

(1)接吻（波希米亞山中故事）　捷克　斯惠忒拉作　眞吾譯價三角五分

(2)小彼得（童話）　匈牙利　至爾妙倫作　許霞譯價三角

(3)兩個伊凡吵架的故事（小說）　俄國　果戈理作　魯迅譯（在印）

——以下續刊——

二月（長篇小說）　柔石作價八角

吉訶德先生（上部第一冊）　西班牙　西萬提司作　梅川譯（待印）

朝花週刊合訂本（共二十期近二十萬字）　魯迅等作譯價七角

朝花社出版　上海棋盤街合記教育用品社發行

魯迅編：藝苑朝華

雖然材力很小，但要紹介些國外的藝術作品到中國來，也選印中國先前被人忘却的還能復生的圖案之類。有時是重提舊時而今日可以利用的遺產，有時是發掘現在中國時行藝術家的在外國的祖墳，有時是引入世界上的燦爛的新作。每期十二輯，每輯十二圖，陸續出版。每輯實洋四角，預定一期實洋四元四角，目錄如下：

1 近代木刻選集(1)　2 蕗谷虹兒畫選

3 近代木刻選集(2)　4 比亞茲萊畫選

（以上四輯已出版）

5 新俄藝術圖錄　6 法國插畫選集

7 英國插畫選集　8 俄國插畫選集

9 近代木刻選集(3)　10 希臘瓶畫選集

11 近代木刻選集(4)　12 羅丹雕刻選集

朝花社出版　上海棋盤街合記教育用品社發行